GUILLERMO CABRERA INFANTE

Vista del amanecer en el trópico

PENGUIN BOOKS

PENGUIN BOOKS

Publicado por Penguin Group

Penguin Books USA Inc., 375 Hudson Street, New York, New York 10014, U.S.A.

Penguin Books Ltd, 27 Wrights Lane, London W8 5TZ, England

Penguin Books Australia Ltd, Ringwood, Victoria, Australia

Penguin Books Canada Ltd, 10 Alcorn Avenue, Toronto, Ontario, Canada M4V 3B2

Penguin Books (N.Z.) Ltd, 182–190 Wairau Road, Auckland 10, New Zealand

Sede registrada de Penguin Books Ltd: Harmondsworth, Middlesex, England

Publicado por primera vez en España por Seix Barral en 1974
Publicado por Penguin Books en 1997

1 3 5 7 9 10 8 6 4 2

Copyright © Guillermo Cabrera Infante, 1974
Reservados todos los derechos

ISBN 0 14 02.6286 5

Impreso en los Estados Unidos de América
Realización editorial: Proyectos Editoriales y Audiovisuales CBS, S.A.,
Barcelona (España)

A la memoria del comandante Plinio Prieto,
fusilado en septiembre de 1960.

Al recuerdo del comandante Alberto Mora,
que se suicidó en septiembre de 1972.

Si amanece nos vamos.

Goya, Los caprichos.

Vista del amanecer en el trópico

LAS ISLAS SURGIERON DEL OCÉANO, primero como islotes aislados, luego los cayos se hicieron montañas y las aguas bajas, valles. Más tarde las islas se reunieron para formar una gran isla que pronto se hizo verde donde no era dorada o rojiza. Siguieron surgiendo al lado las islitas, ahora hechas cayos, y la isla se convirtió en un archipiélago: una isla larga junto a una gran isla redonda rodeada de miles de islitas, islotes y hasta otras islas. Pero como la isla larga tenía una forma definida dominaba el conjunto y nadie ha visto el archipiélago, prefiriendo llamar a la isla isla y olvidarse de los miles de cayos, islotes, isletas que bordean la isla grande como coágulos de una larga herida verde.

Ahí está la isla, todavía surgiendo de entre el océano y el golfo: ahí está.

... la historia comienza con la llegada de los primeros hombres blancos, cuyos hechos registra.

FERNANDO PORTUONDO

PERO ANTES QUE EL HOMBRE BLANCO estaban los indios. Los primeros en llegar –venían, como todos, del continente– fueron los siboneyes. Después llegaron los tainos, que trataban a los siboneyes como criados. Los siboneyes no sabían labrar la tierra ni hacer utensilios: estaban todavía en la etapa colectora cuando llegaron los tainos. A su vez los tainos y siboneyes estaban a merced de los caribes, feroces guerreros caníbales, que hacían incursiones por el este de la isla. Los caribes eran bravos y orgullosos y tenían un lema: «Ana carina roto» –Sólo nosotros somos gente.

Cuando llegaron los hombres blancos se maravillaron ante la visión de la isla: «Nunca tan hermosa cosa vido, lleno de árboles, todo cercado el río, fermosos y verdes...» Unos exploradores enviados a reconocer las inmediaciones regresaron elogiando la hospitalidad de los aborígenes, muchos de ellos «con un tizón en la mano, yerbas para tomar sus sahumerios» y también «aves de muchas maneras diversas» y «muchas maneras de árboles e yerbas e flores odoríferas» y «perros que no ladran». Los indígenas andaban semidesnudos hombres y mujeres y todos eran muy ingenuos. Tenían además la atroz costumbre de bañarse tanto que, informado el rey, originó una real cédula recomendándoles no bañarse demasiado, «pues somos de que eso les hace mucho daño».

Al llegar los descubridores había en la isla más de cien mil indios. Cien años después no llegaban a cinco mil, diezmados por el sarampión, la viruela, la influenza y los malos tratos, además del suicidio, que llegaban a cometer en masa. Hubo por otra parte encuentros entre los indios armados con arcos y flechas solamente y los visitantes, que montaban caballos y vestían armaduras, convirtiéndose en verdaderas máquinas acorazadas. Los indígenas a su vez regalaron a los conquistadores dos plagas: el vicio de fumar y la sífilis, que era endémica entre ellos.

Al principio los indígenas rebeldes tuvieron algún éxito, favorecidos por el terreno quebrado y conocido. Pero finalmente fueron vencidos por la espada y el caballo.

EN EL GRABADO SE VE LA EJECUCIÓN, más bien el suplicio, de un jefe indio. Está atado a un poste a la derecha. Las llamas comienzan ya a cubrir la paja al pie del poste. A su lado, un padre franciscano, con su sombrero de teja echado sobre la espalda, se le acerca. Tiene un libro —un misal o una biblia— en una mano y en la otra lleva un crucifijo. El cura se acerca al indio con algún miedo, ya que un indio amarrado siempre da más miedo que un indio suelto: quizá porque pueda soltarse. Está todavía tratando de convertirlo a la fe cristiana. A la izquierda del grabado hay un grupo de conquistadores, de armadura de hierro, con arcabuces en las manos y espadas en ristre, mirando la ejecución. Al centro del grabado se ve un hombre minuciosamente ocupado en acercar la candela al indio. El humo de la hoguera ocupa toda la parte superior derecha del grabado y ya no se ve nada. Pero a la izquierda, al fondo, se ven varios conquistadores a caballo persiguiendo a una indiada semidesnuda —que huye veloz hacia los bordes del grabado.

La leyenda dice que el cura se acercó más al indio y le propuso ir al cielo. El jefe indio entendía poco español pero comprendió lo suficiente y sabía lo bastante como para preguntar: «Y los españoles, ¿también ir al cielo?» «Sí, hijo», dijo el buen padre por entre el humo acre y el calor, «los buenos españoles también van al cielo», con tono paternal y bondadoso. Entonces el indio elevó su altiva cabeza de cacique, el largo pelo negro grasiento atado detrás de las orejas, su perfil aguileño todavía visible en las etiquetas de las botellas de cerveza que llevan su nombre, y dijo con calma, hablando por entre las llamas: «Mejor yo no ir al cielo, mejor yo ir al infierno».

AL LLEGAR A UNA ALDEA GRANDE, los conquistadores encontraron reunidos en la plaza central a unos dos mil indios, que los esperaban con regalos, mucho pescado y casabe, sentados todos en cuclillas y algunos fumando. Empezaron los indios a repartir la comida cuando un soldado sacó su espada y se lanzó sobre uno de ellos cercenándole la cabeza de un solo tajo. Otros soldados imitaron la acción del primero y sin ninguna provocación empezaron a tirar sablazos a diestra y siniestra. La carnicería se hizo mayor cuando varios soldados entraron en un batey, que era una casa muy grande en la que había reunidos más de quinientos indios, «de los cuales muy pocos tuvieron oportunidad de huir». Cuenta el padre Las Casas: «Iba el arroyo de sangre como si hubieran muerto muchas vacas». Cuando se ordenó una investigación sobre el sangriento incidente, se supo que al ser recibidos los conquistadores con tal amistosidad «pensaron que tanta cortesía era por les matar de seguro».

¿EN QUÉ OTRO PAÍS DEL MUNDO hay una provincia llamada Matanzas?

PARA PERSEGUIR A INDIOS FUGITIVOS y negros cimarrones se inventó en la isla una soberbia máquina de rastreo y aniquilación: el sabueso asesino. Su fama se extendió por todo el territorio y bien pronto muchos fueron exportados al Sur de los Estados Unidos, donde eran conocidos como Cuban hounds.

EN EL GRABADO SE VE A UN ESCLAVO FUGITIVO, arrinconado por dos sabuesos. Sus ropas raídas y descalzo, el cimarrón empuña una guámpara o machete. Uno de los perros se le acerca por la izquierda peligrosamente, mientras el otro cierra el flanco derecho. En medio del grabado se ve una cazuela y un fuego apagado. Hay también un sombrero de guano, yarey o paja del país. Entre el fugitivo y los perros no media más que sus mandobles surcando el aire. El pie del grabado dice: «El cimarrón, sorprendido por los perros, se defiende de ellos como fiera acosada».

LOS VEGUEROS SE HABÍAN SUBLEVADO en protesta contra el estanco del tabaco decretado por el gobierno. No todos se sublevaron, pero los que no lo hicieron vieron sus cosechas destruidas por los amotinados. Ahora eran una turba de ochocientos o novecientos hombres que amenazaban con marchar hacia la capital. Pero, alertado, el capitán general mandó una tropa de doscientos hombres bien armados al encuentro de los vegueros. La tropa esperaba emboscada y cuando aparecieron los amotinados cargaron contra ellos matando a uno, hiriendo a muchos y apresando a los restantes. De los heridos murieron ocho y los once de la avanzada que habían sido apresados fueron ejecutados, sin juicio y por orden del capitán general, y sus cadáveres colgados «de distintos árboles en los caminos reales para escarmiento público».

HE AQUÍ UN MAPA hecho pocos días (o tal vez semanas o meses) antes del ataque inglés a la capital de la isla. Como se puede ver el mapa es más bien grosero, pero llena muy bien su cometido, ya que se señalan con precisión las fortalezas del Morro y La Cabaña, al cruzar la bahía, y las fortalezas propiamente habaneras de La Punta, el Castillo de Atarés y el Torreón de San Lázaro. Se puede observar cómo distorsiona el mapa las características de la ciudad propiamente dicha y sus alrededores. Se cree que dicho mapa fue hecho por un espía inglés.

LA CIUDAD ESTUVO SITIADA por más de mes y medio. Finalmente los ingleses lograron colocar una mina detrás de la fortaleza del Morro y por allí penetrar en el interior. Antes del asalto, el
conde que mandaba a los ingleses mandó a notificar al comandante de la plaza conminándolo a que se rindiera. Pero el comandante se negó a rendirse, anunciando que combatiría hasta el
fin. Las tropas inglesas entraron en el Morro y casi no encontraron resistencia, ya que la mayoría de los defensores se entregaron
o habían huido rumbo a la ciudad. En el asalto el comandante de
la plaza resultó mortalmente herido, cayendo espada en mano.
Esta valentía frente al enemigo fue admirada por los ingleses,
quienes ordenaron que lo cargasen y llevasen a la ciudad para ser
atendido por los médicos. Cuando el comandante murió, los ingleses se unieron al duelo, disparando sus fusiles al aire en una
descarga de saludo último.

EN EL GRABADO SE VE UNA CUADRILLA DE ESCLAVOS. Son llevados de cuatro en cuatro con un arreador a la cabeza de la fila india y otro más que los espolea a latigazos. Los esclavos llevan un cepo común que suele ser de madera. Van descalzos y semidesnudos mientras los arreadores llevan sombreros alones para protegerse del sol. Uno de los arreadores fuma un puro y parece no tener mucha prisa en conducir a su cuadrilla hasta su destino, mientras que el otro hace chasquear el látigo en el aire. Detrás del grupo se puede ver una palmera y varios bananeros que dan al resto del grabado una nota exótica, casi bucólica.

DICE LA HISTORIA: «Entre las clases de color iba incubándose el propósito de imitar a los haitianos. Las sediciones de las negradas de los ingenios eran cada vez más frecuentes, pero carecían de unidad y dirección».

Cuenta la leyenda que la más grande sublevación fue dominada a tiempo porque el propio gobernador en persona la descubrió al oír la conversación de unos negros en un bohío de extramuros, mientras realizaba él una ronda.

En realidad, como ocurre a menudo, los conspiradores fueron delatados por un vecino que vivía en la casa en cuya azotea se reunían los conspiradores.

Todos los conspiradores fueron ahorcados.

ERA UN POETA hijo de la bailarina española y de un mulato peluquero y debía ganarse la vida como peinetero. Tenía cierto talento y sus poesías comenzaban a ser conocidas y apreciadas en la isla. Pero él anhelaba ser conocido fuera.

Su vida estuvo marcada por el infortunio. Al nacer lo depositaron en la casa cuna y cuando apenas contaba treinta y cinco años fue aprehendido, acusado de conspirar contra los poderes coloniales y condenado a ser pasado por las armas. Durante el juicio, en el que no se le pudo probar delito de sedición alguno, se mantuvo sereno. La noche antes de la ejecución la pasó escribiendo una plegaria en forma de poema. Con ella consiguió la fama póstuma en el extranjero.

DICE EL GRAFFITO, todavía conmovedor después de ciento cincuenta años:

> Biba La indepencia
> por La Razon oLa fverza
> señor alluntamiento de trinidad
> yndependencia omuerte.

SU VIDA ESTUVO MARCADA por las contradicciones. Había nacido en Venezuela y, muy joven todavía, ingresó en el ejército español, con el cual peleó contra los libertadores de su país. Vino a la isla entre las tropas derrotadas en Venezuela. Llevaba insignias de coronel y «tenía fama de bravo». También tenía fama de deportista y de aficionado a las diversiones. Era muy bien parecido y figuraba en los salones de la mejor sociedad. Finalmente se casó con una habanera de familia adinerada y fue trasladado a España, envuelta entonces en la guerra carlista. Allá ascendió rápidamente hasta hacerse mariscal de campo. Regresó a la isla con cargos importantes. Pero de alguna manera –tal vez su afición a los deportes fuera la causa– comenzó a conspirar contra los poderes coloniales de que todavía formaba parte. Tuvo que huir del país.

Regresó al frente de una expedición con el propósito de «libertar la isla del yugo colonial». La expedición fue un fracaso pero por primera vez se peleó en la isla bajo la bandera que al correr de los años se convertiría en la enseña nacional. Volvió a huir al extranjero, escapando casi milagrosamente. Al poco tiempo organizó otra expedición, que también fracasó. Pero esta vez sí fue atrapado, juzgado y condenado a morir en la horca. Dicen que subió al patíbulo sonriendo a la multitud que vino a presenciar la ejecución con la misma sonrisa elegante que desplegaba en los salones de la ciudad apenas diez años antes.

EL JEFE DE LA SUBLEVACIÓN era un abogado graduado en Barcelona y hombre culto que había recorrido casi todos los países europeos. Era de talla media, pero su apostura lo hacía parecer más alto. Era además excelente jinete y hábil esgrimista.

El día del alzamiento mandó a liberar todos los esclavos que trabajaban en su hacienda y redactó un manifiesto que comenzaba: «Nosotros consagramos estos venerables principios: nosotros creemos que todos los hombres son iguales; amamos la tolerancia, el orden y la justicia en todas las materias; respetamos las vidas y las propiedades de todos los ciudadanos pacíficos, aunque sean los mismos españoles, residentes en este territorio; admiramos el sufragio universal, que asegura la soberanía del pueblo...»

MARCHABA AL FRENTE DE UNA COLUMNA de «unos doscientos hombres», «muy pocos de los cuales portaban armas de fuego», hacia el pueblo vecino. Confiaba en ocuparlo sin resistencia, ya que no habría otra tropa en él que algunos *salvaguardias* de la vigilancia rural. «Durante el tránsito hicieron una corta parada en el ingenio... y luego en la hacienda... donde se almorzó, continuando la jornada por la tarde, resultando la llegada... al oscurecer del referido domingo once... Como precaución, el *caudillo* se detuvo antes de llegar al pueblo y ordenó una exploración.» También envió un recado para que se rindiera al capitán pedáneo de la zona, quien «ofreció rendirse a discreción».

Pero en ese mismo momento entraba en el pueblo por el lado opuesto una columna enemiga que, al saber que se acercaban los rebeldes, se organizó en una emboscada en la plaza: cuando la columna rebelde entró en la plaza gritando vivas, recibieron una inesperada descarga de fusilería en la oscuridad que los hizo retroceder «en completo desorden». Pero el pueblo se convirtió en símbolo de la libertad del país.

LOS INSURRECTOS lograron tomar una ciudad importante y entraron en ella «en medio de general embriaguez patriótica». Sonaban las campanas de varias iglesias a la vez, se hacían descargas de fusilería al aire, piafaban los caballos, cuando, «a solicitud de una muchedumbre enardecida», Perucho Figueredo, sentado sobre su caballo, compuso los versos para ser cantados al ritmo de una marcha que había compuesto hacía poco, pidiendo prestado a Mozart, y que todos tarareaban. Comenzaban los versos:

Al combate corred, bayameses,
que la patria os contempla orgullosa.

Apenas un siglo más tarde, los graciosos lo cantaban corriendo una coma, así:

Al combate, corred bayameses...

POCOS DÍAS MÁS TARDE una columna enemiga sería derrotada por rebeldes armados solamente de machetes capaces de cortar «el cañón de una carabina... de un solo machetazo». Así se convirtió el machete en el arma predilecta de los alzados.

El machete no es, como el revólver o la daga, un arma defensiva ni ofensiva: es un instrumento de trabajo, hecho especialmente para cortar caña pero usado también para abrirse paso por entre la manigua y hacer trochas en la selva. Parece un cruce de un sable napoleónico y una espada medieval y su mango, aunque es usualmente de madera, es también hecho de tarro y a veces llega a ser de costoso nácar. Los mejores llevan orgullosos una marca inglesa o americana que dice Collins. A éste le llamaban los rebeldes garantizado o collín.

LA COLUMNA ENEMIGA, mandada por un conde, contaba con cerca de tres mil hombres mientras la columna rebelde tenía apenas quinientos fusileros. El combate –o mejor dicho: la masacre– tuvo lugar junto a un río que es ahora una zanja polvorienta. El resultado de la batalla de machetes contra cañones no se hizo esperar. «El ejército patriota tuvo que retirarse en el mayor desorden, y el español, aprovechando ese momento, enterró sus cadáveres con premura y continuó su marcha hacia Bayamo, sin encontrar obstáculo en ella.»

Pero los rebeldes decidieron quemar la ciudad –la primera que habían conquistado– antes que entregarla al enemigo y cuando el conde entró en ella no encontró más que ruinas todavía ardiendo y cenizas que volaban como polvo al viento de la sabana.

HABÍAN ESTADO JUGANDO entre las tumbas en el cementerio («Ay, pobre Yorick, etc.») en espera de que llegara el profesor de anatomía. Luego dejaron la carretilla de las osamentas en un rincón. Pero al día siguiente se descubrió una tumba con el cristal rayado y no era una tumba cualquiera: pertenecía a un periodista español que había muerto en duelo concertado con un cubano en el exilio. En seguida hubo una gran alharaca entre los funcionarios oficiales. Temerosos del cuerpo de voluntarios accedieron a juzgar a los estudiantes, que fueron seleccionados al azar entre todos los alumnos de la facultad de medicina. Algunos de los elegidos no habían siquiera asistido a clase ese día. Dos de ellos no estaban en la ciudad. Finalmente ocho de entre ellos fueron juzgados, condenados a la pena de muerte y fusilados. Ninguno tenía más de veinte años.

HERIDO GRAVE, quedó detrás en el hospital rebelde. Cuando sanó supo que estaba inválido de una pierna de por vida. Sin embargo decidió permanecer allí. «Aquí seré útil», escribió en una carta. Cuando el hospital cambió de campaña no fue con ellos porque le cogió apego a la región: le gustaban los insólitos helechos gigantes y las clases que daba a los niños de la zona y salir a coger panales silvestres de mañana. Le gustaba también escribir cartas y a cada rato pasaba un correo al que había enseñado a leer y escribir. «Estoy satisfecho con lo que tengo», escribió a su mujer. «Vivo en una choza o a la intemperie, entre una extraña vegetación arborescente. Me siento fuerte. Como lo que me dan: frutas y algún ave de corral y carne de jutía y de cimarrón.» Era un hombre ingenuo y adornaba el monte con su prosa romántica: «... los ruiseñores cantan y encantan el véspero y de las cimas desciende, fugaz, un arroyuelo intrépido». Pese a la prosopopeya y aunque el bohío fuera choza y los sinsontes y zorzales, ruiseñores vespertinos, también sabía mirar la realidad. Uno de los generales citó a un periodista extranjero al caserío y él fue el intérprete y de alguna manera el enemigo conoció su escondite. El correo vino a advertirle, pero lo tranquilizó y todo lo que hizo fue escribir cartas. «Yo creo que no llegaré a morir prisionero», escribió a su hermano, «pues mi revólver tiene seis proyectiles, cinco para el enemigo y uno para mi persona. Después de conocer esta libertad, nunca podré vivir prisionero. Entre la prisión y la muerte, escojo la muerte».

Un niño viene a avisarle de madrugada que llega el ejército y él se aleja cojeando del poblado. Escondido en la manigua toda la mañana, al mediodía siente sed y busca curujuyes, la parásita enemiga del árbol y amiga del viajero: todas están ya secas. Baja de la cima al río, cuando lo descubre un centinela errante. Dispara, lo hiere y corre hacia el arroyo. Siente un golpe en una pierna y sabe que le dieron. Se guarece entre los grandes cantos blancos. Un soldado se encima a cogerlo y él le tira a quemarropa. El soldado rueda entre las piedras; él se detiene a mirarlo, erguido: es el primer hombre que mata. Y el último: una bala le entra por el cuello, otra por el pecho, otra por el vientre. Cae al agua y navega corriente abajo y recala entre raíces.

EN EL GRABADO, publicado en Nueva York, se ve, en primer término, a cuatro mambises —que es como llamaban los rebeldes a su ejército insurrecto para diferenciarlo de la guerrilla que estaba compuesta por españoles o por cubanos traidores—, tres a pie y uno solo a caballo. El jinete es negro y lleva su machete al cinto. Dos de los de a pie son también negros y, a diferencia del jinete, van descalzos. Uno de ellos está sentado a la derecha, su cabeza recostada al rifle. El otro negro conversa con un mambí blanco: lleva un pañuelo en la cabeza, mientras todos los demás llevan sombrero de guano o de yarey, de palma. El mambí blanco tiene el sable desenvainado y sujeto con desgana con la mano derecha mientras la mano izquierda toma las riendas del caballo, que es un criollo de cinco cuartas. El mambí de pañuelo al estilo pirata porta un rifle con bayoneta. Mientras conversa con el mambí blanco sujeta el rifle al frente, casi en atención. Al fondo se ven, a la derecha, dos mambises, uno blanco y otro negro, conversando bajo una palmera. Más a la derecha se ve una hoja de plátano o de cocotero. A la izquierda, en primer plano, hay un árbol que parece ateje. En último término pero al centro del grabado se ve un centinela.

A PESAR DE QUE ESTABA MUY ENFERMO lo llevaron hasta el cadalso no en un coche sino montado en un burro. Tuvieron que ayudarlo a bajar y estaba tan demacrado que apenas si se reconocía en él al animoso compositor de la marcha que un cuarto de siglo más tarde sería el himno nacional. Casi lo arrastraron hasta el paredón.

ERA UN POETA METIDO A REVOLUCIONARIO y estuvo en varias expediciones que fracasaron en naufragios. Convencido de que había que hacer la paz y no la guerra, regresó a la isla con un salvoconducto del gobernador general. Pero cuando llegó al cuartel general de los insurrectos no dijo ni palabra. «No dio paso alguno», comentó después el jefe insurrecto.

Cuando volvió a la ciudad fue puesto preso a pesar del salvoconducto y encerrado en una bartolina de una fortaleza. Estuvo varios meses en prisión, acusado en silencio por los patriotas de ser un traidor y en alta voz por el enemigo de ser un sedicioso.

Encerrado en su calabozo escribió estos versos:

> *No busques volando inquieta*
> *mi tumba oscura y secreta,*
> *golondrina, ¿no lo ves?*
> *¡En la tumba del poeta*
> *no hay un sauce ni un ciprés!*

Finalmente lo fusilaron en el Foso de los Laureles.

AL GENERAL LO LLAMABAN SUS TROPAS EL MAYOR por respeto a su carácter más que en señal de jerarquía. Un día el Mayor iba a caballo, casi solo, inspeccionando el terreno, cuando fue derribado por un balazo. De inmediato reinó la confusión en su tropa, quienes trataron de rescatar su cadáver. Pero el fuego enemigo se hizo más intenso y tuvieron que abandonar la búsqueda.

Más tarde el enemigo encontró, casi por casualidad, entre la yerba de la sabana, su cadáver. Al registrarlo supieron que se trataba del Mayor y rápidamente condujeron el cadáver a la capital de la provincia, donde se incineró y sus cenizas fueron esparcidas al viento. Todo lo hicieron con tal premura que parecía como si temieran que aun las cenizas pudieran sublevarse.

NO ERAN NI DOS DOCENAS, no estaban armados: solamente contaban con la sorpresa y el coraje. Llevaban palos y piedras y los cacharros para beber o almacenar agua, tal vez una escopeta. Claro que no tomaron el cuartel. Pero el ataque diezmó la tropa y cogieron algunos fusiles y parque en abundancia.

El fuerte lo tomó una semana después la columna invasora y todavía estaban arriba, en la meseta, los caballos y los rebeldes y los soldados muertos que sus compañeros acuartelados no se atrevieron a salir a enterrar. También había un herido, rebelde, que contó el asalto con palabra fatigosa y atropellada. El coronel no lo quería creer, pero vio los muertos y las bestias pudriéndose al sol y los jarros de lata, que hicieron ruido y brillaron en la noche simulando bayonetas y machetes, armas ligeras. Entonces habló a la tropa y dijo que él había visto corajudos, hombres temerarios y hasta locos en la guerra, pero que estos mártires (señalando a los muertos) y los héroes que salieron con vida del asalto eran valientes entre los valientes. Luego alguien le alcanzó uno de los jarros atravesado por una bala, y el coronel empujó con el brazo su sombrero que cayó hacia atrás, y la melena y las barbas no dejaron ver bien la cara. Pero en su voz se oía la emoción y el homenaje cuando dijo mirando la vasija: «¡Y yo que les llamaba impedimenta!»

EL GENERAL ACAMPABA CON MUY POCA TROPA cuando fue sorprendido por el enemigo. Conminado a rendirse decidió que era preferible el suicidio y se dio un tiro en la barba. La bala le atravesó la boca y la nariz para salir por la frente, donde con el tiempo se le haría una cicatriz en forma de estrella.

Cuando le informaron a la madre del general que éste se había rendido, ella respondió que ése no era su hijo. Cuando le explicaron que antes de ser apresado por el enemigo se había pegado un tiro, dijo: «¡Ah, ése sí es mi hijo!»

«LAS POSTAS estaban colocadas de trecho en trecho y los postillones, listos siempre, para correr con cualquier despacho a la inmediata.» La descripción no corresponde al pony express sino al correo insurrecto.

EL SOBRINO HABLABA DEL TÍO MUERTO como quien habla de un héroe mitológico. Cierto es que su tío fue una leyenda viva. Pero a veces parecía que exageraba. Como ahora. Mire, dijo, le dieron de verdá, en una pierna y lo tumbaron y no se desmayó ni ná, compay, mire, y él se resitió y siguió andando con su pie. Claramente que no dio más que tre paso y ahí mimitico se cayó. Le dieron en la rodilla, mire, aquí en este güeso, cómo se llama, que se le montó uno sobresima del otro, así compay, dijo cruzando un brazo sobre otro sobre el pecho, mire y que no se le bajaba. Entonse cogimo y no lo llevamo pa un rancho. Aquel rancho es mucho má grande que esa mata de ahí, de manera que lo colgamo del techo, mire, pero todavía daba en el suelo con lo pie, compay, de lo largo que era, mire. Entonse cojo y subo yo y lo cuelgo por lo braso, por aquí por lo sobaco y me lo amarro bien allá arriba, en la viga, tan arriba que de mirar no má pabajo daba mareo, y entonse cojo y bajo, mire, y me le cuelgo por las pata, así compay, que lo cojo por un pie y por el otro y me dejo colgar, así, duro duro, por mi madre, con toa mi fuerza, y el güeso regresó a su pueto. Y mi tío, mire, que ni dijo ni ay y no había perdío el sentío ni ná deso, porque yo lo veía sudando y yo creo que él me veía a mí sudando porque había un calor allá dentro, to enserrao. Y qué cré que dise cuando el güeso vuelve pa su sitio y él allá arriba en la viga, mi tío, todavía. Pue dise, mire, Vamo ver Sobri si me van bajando daquí que ya tengo olor a Crito, dijo, así mimito caray y por Diosanto que paresía un crusificao allá arriba colgao, y como dijo un ajo y un toño y vimo que estaba cogiendo su genio, cogimo y lo bajamo como el rayo, mire, así, dijo y miró a la reunión y como vio algunas risas dijo: Por mi madre que engloria eté que verdá, la pura verdá, dijo. Aquí hay gente que lo saben bien porque etaban por allá nese entonse, dijo. El grupo se rió de nuevo y entonces el coronel que se para delante de la lámpara de carburo y dice con su pipa en la boca, mascando la boquilla o las palabras: Mucha verdá que está diciendo acá. Así era su tío, dice. Hombre a todo, dijo, y se acabaron las risas.

POR UN BANDO DEL GOBIERNO de la isla se ordenó que: «Todos los habitantes en los campos o fuera de la línea de fortificación de los poblados se reconcentrarán *en el término de ocho días* en los pueblos ocupados por las tropas. Será considerado rebelde, y juzgado como tal, todo individuo que transcurrido ese plazo se encuentre en despoblado».

EL DIARIO DE CAMPAÑA del hombrecito de grandes bigotes y casi calvo no dice qué ocurrió en la reunión que tuvieron él y el mayor general con el fornido general negro. Se han hecho muchas conjeturas, hasta se ha dicho que el general negro llegó a abofetear al hombrecito de los grandes bigotes en una discusión sobre el mando militar o civil de la insurrección. El hecho es que manos piadosas arrancaron las páginas del diario que hablaban de la reunión y ayudaron a convertir la reunión en un chisme histórico.

Lo cierto es que después de la reunión el hombrecito del bigote grande fue elegido presidente de la república en armas y aclamado como tal por la pequeña tropa.

Allí le preguntaron al general negro que cómo el mayor general iba a iniciar la invasión con tan poca tropa y aquél respondió: «Lleva con él un gran ejército: su estrategia».

Pocos días más tarde el hombrecito al que todos llamaban ahora Presidente y el mayor general tropezaron con una columna enemiga. Nadie sabe cómo ocurrió el incidente. Unos dicen que el Presidente se vio rodeado por fuerzas enemigas y trató de burlar el cerco. Otros dicen que el Presidente echó a correr en dirección del enemigo. Otros todavía hablan de un caballo desbocado. Lo cierto es que recibió un balazo en la cabeza, cayendo de su caballo muy cerca de la tropa enemiga, y nunca se pudo rescatar su cadáver. Reconocido por el enemigo se lo llevaron a cuestas de una mula, como un trofeo de guerra. Primero lo enterraron en el campo. Pero luego exhumaron el cadáver y lo embalsamaron para llevarlo a enterrar a la ciudad. Con el tiempo este cadáver se convirtió en una enorme carga de la conciencia revolucionaria. Hecho mártir el hombrecito creció y creció hasta que finalmente no se podía con la carga y todos invocaban su nombre, hablando de un muerto grande –aunque cuando lo enterraron medía apenas cinco pies y cinco pulgadas.

EL POLVO DEL CAMINO (es julio y no llueve, y la región es una gran polvera donde al menor aire se levantan nubes de tierra blanca o roja o negra que borran los caminos, camuflan las casas y pintan los árboles de un color malsano) hacía canosa su barba. Pero antes de que arrancara a caminar con su paso largo y rápido y marcial, aun antes de dejar el caballo todos supieron que era el general. Preguntó sin saludar por el otro general, que estaba bajo su mando.

No venía en visita de inspección ni a planear una ofensiva ni siquiera para cambiar impresiones sobre la operación próxima. Si acaso hablarían (después de conversar de gallos de lidia y caballos y mujeres, en ese orden porque son guajiros los dos, después del dulce y del café, al caer la tarde) del estado de la guerra en general o del país o apostarían sobre los días que le quedaban al gobierno. Venía a almorzar, invitado a comerse una vaca. Un regalo del asendao, dijo el otro general al convidarlo sonriendo. Siempre nojestásiendo regalito, parese quél también errebelde.

Se había hecho tarde en el camino eludiendo postas enemigas y ahora eran ya las dos de la tarde. El capitán le dijo que encontraría al otro general junto al río. Do asan la vaca (así dijo, usando un arcaísmo campesino), y bajó a la ribera sembrada de cañabrava y malanga y berro cimarrón y vio un grupo junto al hoyo que todavía arde. El general tiene lo suyo general, le dijo uno, allá debajo del tamarindo aquel (señalando). La verdá que lo estuvo perando, comenzó a decir y se calló cuando vio la mirada del general.

Caminó demorado por la orilla: regalándose con la frescura

del aire, agradeciendo al río por guardar su cauce del sol y el polvo cuando los arroyos de la zona estaban secos, diciendo en voz alta: Gracias río, quitándose el sombrero, llegando hasta el agua, lavándose la cara y la barba y el pelo, diciendo de nuevo gracias, dejando su cabeza mojada, la melena suelta, chorreando.

El otro general estaba bien bajo el tamarindo. Comía ya y hacía honor a su fama devorando un enorme trozo de vaca y el general fingió su sorpresa, algo. Muchacho tú comiéndote to eso solo, dijo y el otro general, con la boca llena de carne, la grasa bajando por barbilla y manos y brazos, en los ojos un regocijo salvaje, respondió por entre la comida: Quevá, viejo, afuersa boniato, afuersa boniato. Los dos se rieron y el otro general le señaló su pedazo de carne, también grande, acostado sobre una hoja de yagua, con plátano verde y boniato al lado. El general se sentó en la yerba y comenzó a comer con hambre, vorazmente, alegre por su primera carne en dos meses. El otro general fue al río y sacó del agua dos botellas pardas tapadas con corcho silvestre. Las mostró de lejos, una en cada mano y en alto, como dos truchas. Qué lujo muchacho, dijo el general. Las botellas estaban sudadas y bebieron a pico la bebida fresca mientras comían y conversaban y reían. Parecía un picnic.

PERO NO ERA UN PICNIC. Los exploradores comunicaban que la columna estaba ya a la vista. Había que atacar o desistir porque dejaron una retaguardia y el general decidió atacar. La vanguardia hizo contacto, cambiaron disparos. Las balas pasaban zumbando sobre los rebeldes y su sonido indicaba el calibre —y cuándo levantar la cabeza.

Estuvieron tirando de parte y parte cosa de diez minutos y el general, cansado del atasco, mandó avanzar. Se puso de pie y llegó al borde de la carretera. Era un camino vecinal, más bien un trillo, y del otro lado, en la curva, oculto por un terraplén, estaba el enemigo. Hizo la señal de ataque y se colocó al frente de la columna, como siempre.

Cuando lo vieron caer, todos creyeron que le habían dado en una pierna, pero el coronel se acercó y vio que el general estaba herido en la cabeza y en el cuello. Hirieron también al coronel. Dos rebeldes vinieron y los retiraron del borde del camino. El médico llegó gateando por entre la pangola. El coronel fue tocado en la cadera, a sedal. Las heridas del general eran mortales. Sacó una bala de debajo de la piel del cráneo y le dijo al tercero al mando que no había nada que hacer. Señaló una babaza gris que corría por la cara del herido. Pérdida de la masa cerebral, dijo. Está agonizando.

Se retiraron en orden, con nueve bajas. El coronel, vendado, quedó al frente de la tropa y mandó sepultar los muertos. Después llamó al capitán y le dijo algo bajito. Siguieron la retirada, dejando una retaguardia apostada.

La patrulla del entierro marchó hacia tres dagames que se

veían en un arroyo cercano y el coronel encargó dar sepultura al general rebelde y al cabo al otro lado de la loma. En sitio reconocible, dijo, pero sin señalar las tumbas. Cuando se fueron, retrocedió y marcó veinte pasos entre los árboles. Había quedado con dos oficiales y les dijo que cavaran. Registró al general, quitándole papeles, fotos, dinero, que guardó, y el reloj y la cadena de oro. Sacó de su cartera una moneda de plata, un amuleto, y la puso en un bolsillo de la guerrera del muerto. Ayudó a enterrar el cadáver y al notar que la tierra sobre la tumba se veía fresca echaron encima yerbas y hojas secas y ramas. Antes de regresar, hizo jurar a los oficiales que no sabían dónde estaba enterrado el general, que lo habían olvidado y que no lo recordarían más que al terminar la guerra. Su identificación es un peso macho sobre el esqueleto, les dijo.

EL VIEJO GENERAL DE LA ESTRELLA EN LA FRENTE dictaba una carta sentado en su hamaca debajo de una guásima y un algarrobo. Le daba partes sobre la guerra al delegado en Estados Unidos y al final comentaba sobre la inacción que había caído sobre la tropa, al tener al enemigo en fuga y casi toda la provincia bajo el mando insurrecto: «Nos hemos convertido en majases», dictaba, «y si esto sigue así me voy para allá a bregar con usted, pues más peligro hay en Broadway que aquí». El teniente ayudante que tomaba la carta preguntó cómo se escribía Broadway.

EL GENERAL NEGRO nunca pudo ver París. En un breve encuentro que más parecía una escaramuza fue herido de muerte. Acababa de volverse a su ayudante para decirle: «¡Esto va bien!», cuando una bala lo derribó del caballo.

El enemigo notó la consternación originada entre las filas mambisas, sin saber por qué, y arreció el fuego sobre el flanco en desorden, matando o hiriendo a varios de los rebeldes que intentaban rescatar el cadáver.

En retirada, las fuerzas enemigas rastrearon los alrededores hasta encontrar el cuerpo del general negro. Registraron y vaciaron sus bolsillos, como hacían siempre, sin darse cuenta de a quién habían matado.

Fue por la tarde, al caer el sol, cuando una banda rebelde pudo rescatar el cadáver semidesnudo. Junto a él había caído también su ayudante, que era, y no por casualidad, hijo del general en jefe.

UN REBELDE GRITA: «¡Mataron al general!», y la tropa se des-
moraliza. Un teniente mata al rebelde de un tiro por la espalda y
se levanta para gritar: «¡El general no está muerto!», a diestra y a
siniestra: «¡El comandante en jefe está vivo!» Los rebeldes se rea-
grupan y avanzan sobre el enemigo, ganando la batalla cuando
más parecía que estaba perdida.

ANTES DE INICIAR LAS HOSTILIDADES, los americanos enviaron un mensaje al «general de la estrella en la frente», quien se comprometió a ayudar la invasión.

El día antes del desembarco el general de la estrella en la frente se reunió con dos generales americanos, acordando cómo combatir al enemigo común.

Las tropas cubanas fueron transportadas en buques de guerra norteamericanos a combatir en la primera y única batalla de los invasores. «El mismo día del desembarco», dice un historiador enemigo, «quedó (la ciudad) privada de todo el recurso que recibía de su zona de cultivo, recrudeciéndose el hambre; quedaron cortadas las comunicaciones; bosques, avenidas y alturas, todo cubierto por los cubanos».

Finalmente, y después de una breve y casi ridícula batalla naval, la ciudad se rindió al enemigo, que era en este caso los amigos.

EL VIEJO MAYOR GENERAL entró en la capital con una mano en cabestrillo, la derecha, dislocada o, como diría un presidente en el futuro, «enferma de popularidad» –tantas veces había tenido que darla a las multitudes que se agolpaban a su paso.

La entrada en la capital fue una apoteosis y el viejo mayor general no salía de su asombro, comentando: «Caramba, si hubiéramos llegado a tener tanta tropa como admiradores habríamos acabado con los españoles a sombrerazos», y añadía: «A *sombrerazos*, ¡caray!»

ES UN DÍA RADIANTE. El sol brilla arriba intenso y el aire transparente hace ondear la bandera que acaba de ser izada por primera vez. En la explanada se congregan embajadores y ministros plenipotenciarios. También está el presidente recién inaugurado. Hay además generales y coroneles, congregados todos alrededor del asta. Acaban de bajar la bandera de las barras y las estrellas y la bandera de la estrella solitaria vuela al aire libre. Es no sólo un día radiante sino promisorio —pero esto no se ve en la fotografía.

YA EN LA INDEPENDENCIA el general de nombre legendario (conocido por su manera de capturar, interrogar y liquidar a los guerrilleros, preguntándoles «Cómo usté se ñama» y al responder el interrogado añadía un agorero «Se ñamaba») se alzó contra el gobierno en una guerrita que duró unos días. Pero a él le costó la vida. Lo encontraron de madrugada, todavía durmiendo, y de un solo tajo de machete le cortaron la cabeza, que fue enviada a la capital. Años después le erigieron una estatua grotesca en un parque de la capital. Esta vez tenía la cabeza sobre los hombros.

HUBO UNA REVUELTA DE SOLDADOS NEGROS, dirigida por un político negro y un veterano de la guerra de independencia también negro. Fue una revuelta menor, pero no tan menor como para que no la recogieran los libros de historia. Todavía se habla de ella a sotto voce. Lo cierto es que los cabecillas fueron agarrados y fusilados en el acto. En la breve guerra habían muerto más de tres mil personas, todas ellas, como dice un historiador, «de la raza de color».

LOS OBREROS HAITIANOS Y JAMAIQUINOS enviaron una delegación a hablar con el hacendado. Decidieron terminar la huelga si recibían el aumento. Todo pareció ir de lo mejor y el hacendado propuso hacer una foto del grupo para conmemorar el acuerdo. Los delegados haitianos y jamaiquinos se colocaron en fila enfrente de la máquina, cubierta con una tela negra. El hacendado salió del grupo para dar una orden a su mayoral. El mayoral destapó la máquina y tranquilamente fusiló con la ametralladora al grupo de delegados. No hubo más quejas de los cortadores de caña en esa zafra y en muchas más por venir.

La historia puede ser real o falsa. Pero los tiempos la hicieron creíble.

EL GENERAL PREGUNTÓ LA HORA y un edecán se acercó rápido a musitar: «La que usted quiera, señor Presidente».

EL PRIMER AUTOMÓVIL se adelantó hasta el puentecito, dio una vuelta en U y se detuvo, haciendo que el segundo automóvil –más grande y más lento– se detuviera. Un tercer automóvil apareció de entre los árboles y de él emergieron armas por cada ventanilla. Una escopeta recortada hizo fuego sobre el auto grande, rociándolo. Hubo otros disparos y mientras el chofer del auto grande se tiraba al suelo el pasajero de atrás caía con un espasmo. Fue entonces que el primer auto terminó la vuelta en U para disparar a su vez contra el auto grande y al mismo tiempo salir a la otra carrilera. Los dos automóviles agresores se alejaron al unísono.

CAVARON UN TÚNEL por debajo de la calle partiendo de la casita hasta el cementerio. Siguieron cavando hasta el mausoleo –porque era un mausoleo más que una tumba– privado, abriéndose paso por entre las osamentas y los ataúdes podridos. Cavaron incesantemente para llegar hasta el mausoleo privado antes del entierro. Siguieron cavando entre el fango y la carroña y dicen que uno de los zapadores perdió la razón. Siguieron cavando hasta después del atentado, y el mismo día que debía tener lugar el entierro del muerto grande colocaron las minas de dinamita y extendieron los alambres a lo largo del túnel y hasta la casa. Estaban ya listos a la hora del entierro pero el entierro no tuvo lugar y todo –el atentado, el túnel, la dinamita– salió sobrando porque la familia del muerto grande decidió enterrarlo en su ciudad natal y no en el mausoleo familiar. Pudieron recobrar la dinamita, pero era imposible rellenar el túnel así que dejaron las instalaciones, los alambres, que fueron descubiertos por un enterrador pocos días más tarde, mientras cavaba una tumba.

SE ESCONDIERON EN UNA CASA de la calle Esperanza. Parece una ironía del destino, como se dice, pero es así. Le dijeron al dueño, a quien vino a abrir: «Por favor, señor, escóndanos que nos persigue la Tiranía». También esto es verdad: eso fue lo que dijeron. Cómo convirtieron aquel momento terrible, pero entonces personal, en una generalización, casi en un pensamiento abstracto, cómo lo hicieron, no se sabe, pero se sabe que lo hicieron. Se escondieron en una casa de la calle Esperanza y vino la policía y los sacaron a la calle y los mataron cerca del mercado. Pero eso fue más tarde. Ahora lo que interesa, lo realmente conmovedor es saber que esos tres muchachos casi desnudos (uno de ellos estaba descalzo), perseguidos, dijeran: «*Nos persigue la Tiranía*», y no: «Nos persigue la policía, o el ejército». No, dijeron exactamente que los perseguía la Tiranía y eso fue lo que los convirtió en héroes.

¿No hay que creer que, si hay una intuición poética, también hay una intuición histórica?

OTROS DOS SE ESCONDIERON en las afueras del pueblo. Fue bien temprano, pero algún vecino los vio o pidieron antes entrar en otra casa. Lo cierto es que comenzaron los registros y alguien les dijo que allí (señalando) había gente escondida. Buscaron y no hallaron nada. Ya se iban cuando en la calle les aseguraron que sí, que vieron entrar gente, que no sabían si eran del asalto o no, pero que los vieron. Volvieron a la casa y encontraron a uno saliendo de un tanque de agua que había en el patio. Estuvo metido dentro siempre. Dos soldados lo obligaron a entrar otra vez. Lo mantuvieron bajo el agua a punta de fusil y cada ocasión que salió lo hicieron sumergir de nuevo. Si la cabeza subía por instinto de conservación o por reflejo o ley de hidráulica, la empujaban con las culatas. Hasta que se ahogó, que lo sacaron y lo arrojaron al patio como si lo acabaran de pescar: un pez inútil, un bulto del mar, una cosa.

El otro estaba escondido en el cuenco de las dos aguas, en el techo, pero lo vieron ahora. Comenzaron a decirle que bajara: echó a correr sobre las tejas, corrió por la canal maestra agachándose al cruzar el caballete, no oyó o no quiso oír los altos que le dieron, corrió más rápido quizá empujado por el declive de la vertiente mayor, llegó al alero, se detuvo, puso un pie en el canalón, sintió que cedió, vio que del otro lado no estaban más que el cornijón y la calle, corrió, de nuevo en dirección al patio, corría, lenta, difícilmente, tejado arriba cuando uno de los soldados dijo: Deje sargento no siga gritando que yo se lo abajo, cuando el sargento miró duro al soldado al decir: No quiero que

95

nadie suba, cuando el soldado dijo: Dije que yo se lo abajaba no que yo iba subir, cuando el sargento se quedó callado, estaba corriendo hacia arriba todavía cuando el soldado se echó el rifle a la cara, y disparó.

ELLA ESTABA LAVANDO EN EL PATIO cuando le trajeron la noticia. No dijo nada ni lloró ni mostró emoción. ¿Es verdá?, preguntó solamente. El hombre, el que habló, porque eran tres los que vinieron, dijo que sí con la cabeza y explicó. Por el radio mencionaron su nombre con el de otros compañeros caídos. Tenía su sombrero en la mano y ahora se golpeó una pierna con el ala. Sabíamos que el parte oficial era falso, dijo. Todo eso de batalla y de muertos en acción es una mentira descarada, claro. Fue de otro lado que nos contaron cómo pasó. Los cogieron presos y los llevaron al cuartel y los mataron allá, dijo. Después fue que inventaron el combate. Ella los miró y no dijo nada. Tendría cuarenta años, quizá menos, pero parecía una vieja. Llevaba un gastado vestido de florecitas moradas y el pelo recogido en un moño. Sus ojos eran de un verde amarillo muy pálido y parecía que le molestara la luz del mediodía. En el silencio se oyó el viento entre los árboles del patio y una gallina cacareaba. Ustedes me perdonan, dijo, pero tengo que seguir lavando.

Terminó y entró en la casa y se hizo café. Lo tomó de pie, en la puerta, mirando cómo el aire se hacía visible entre las sábanas.

LA MULTITUD SALIÓ A CELEBRAR la caída del dictador. Pero era una falsa alarma. Los manifestantes que marchaban hacia el palacio presidencial fueron detenidos por el fuego de una ametralladora instalada a la entrada del palacio. Muchos lograron esconderse en la fuente al centro del parque. Otros corrieron a parapetarse tras los árboles. Otros más dieron marcha atrás y trataron de alejarse corriendo. Fueron los que tuvieron más bajas, alcanzados por las ráfagas de la ametralladora. Hay quien dice que la falsa noticia de su huida fue propagada por el propio tirano pocos días antes de tener que abdicar realmente.

LA FOTO ES DE UN CURIOSO SIMBOLISMO. Señala el fin de una tiranía militar al tiempo que entroniza a un soldado. Todos los puntos de la foto convergen hacia el soldado, que está de pie sobre la estatua de un león al inicio de un paseo capitalino. Está el soldado erguido, el rifle en alto sostenido por su mano derecha, mientras su mano izquierda se extiende hacia un lado, tal vez tratando de conservar el equilibrio. Tiene la cabeza alta y erguida, celebrando el momento del triunfo, que es, aparentemente, colectivo.

En el extremo izquierdo de la foto uno de los manifestantes se ha quitado su sombrero de pajilla y saluda hacia lo alto, hacia el soldado. A la derecha y al centro otro manifestante más modesto (está en mangas de camisa) se quita la gorra mientras vitorea al soldado. Todos están cercados por una pequeña turba exaltada por el triunfo de su causa, según parece.

Detrás del soldado se ven unos balcones bordados en hierro y unas ventanas de persianas francesas abiertas de par en par. Más lejos, en la esquina, hay un anuncio de una línea de aviación, en inglés. La foto ha sido reproducida en todas partes como testimonio de su época —o más bien de su momento.

UNO DE LOS DOS MUCHACHOS que empujaron la puerta vaivén del bar tenía apenas dieciséis años. El otro era tan delgado y frágil que en sus manos la Colt calibre 45 parecía una metralleta. Ambos caminaron hasta la barra. «Apártense, caballeros», dijo el mayor de los dos muchachos, «que la cosa es con éste», dijo indicando a un teniente de la policía que bebía tranquilamente a un costado de la barra. Los parroquianos se separaron y el teniente apenas tuvo tiempo de dejar el vaso en el mostrador cuando lo alcanzaron las balas. Cayó al suelo muerto y le dieron un tiro de gracia en la frente. Luego ambos salieron del bar, silenciosos, sigilosos. Desgraciadamente para los muchachos asesinos el teniente pertenecía a una banda rival. Como habían actuado por la libre y temeroso de las represalias, el jefe de su grupo, en vez de acogerlos y esconderlos, los entregó al jefe de la banda rival. Al otro día por la mañana el muchacho que apenas tenía dieciséis años y el otro muchacho frágil y flaco aparecieron muertos a tiros junto al laguito del Country Club.

DECIDIERON RENDIRSE cuando se les acabó el parque. Había
un cadáver en el jardín, junto al seto de buganvilias. No pudieron reconocerlo al pasar porque cayó bocabajo. Llevaba un pullover amarillo y el hombre que bajaba del portal al sendero se
preguntó quién tenía un pullover amarillo hoy. Entrevió, más
allá de la reja y sobre la acera, otro civil muerto. Pero no trató de
adivinar quién podía ser, porque no pensaba ya en los muertos,
sino en los tanques y los soldados y los policías que había afuera.
Estaba, como los otros, desarmado. Ahora vio franquear la verja
al primer hombre que salió, cargando el niño herido, y lo vio
llegar a la calle y vio cómo lo arrestaron. Pasaron él y la mujer
encinta por debajo del letrero de hierro que decía Villa Carmita
y como creyó que ella resbalaba y caía fue a ayudarla. Los dos ca-
yeron juntos, porque los tumbó el primer tiro. En el suelo inten-
taba todavía levantar a la mujer, que estaba muerta, cuando sobre
su guayabera blanca aparecieron varias manchas rojas y empujado por el impacto reculó y pegó contra el muro. Estaba muerto,
pero las balas seguían entrando en su cuerpo. Una de las colum-
nas del jardín se despellejaba y saltaba la arena y el ladrillo.

SE TRATABA DE UNA TÁCTICA inventada en Chicago en los años treinta, pero mejorada aquí. Una máquina viene primero y rocía la casa indicada. Los inquilinos o residentes salen a la calle, después del susto, violentos y comienzan a disparar a la máquina en fuga. Precisamente en ese momento otro automóvil se acerca a toda velocidad y dispara sobre el enemigo, hiriendo y matando a no pocos. Ahora la técnica se usó de manera poco ortodoxa. El que debía morir estaba conversando en el vestíbulo del cine, algunos dicen que con un amigo, otros dicen que ese amigo era un plante. Como sea, el hecho es que una máquina pasó a la carrera rociando la entrada al cine, disparando sin discreción ni puntería. El que debía morir se pudo esconder detrás de un auto parqueado. Cuando pasó el tiroteo salió de su escondite y antes de llegar al vestíbulo lo alcanzaron las balas, esta vez disparadas por dos hombres a pie. Los dos tiradores se alejaron rápidamente pero con calma. El amigo (o el plante) permaneció todo el tiempo debajo de un automóvil. El que debía morir murió, como lo describió un escritor, con solamente treinta y cinco centavos en los bolsillos.

ERAN LAS NUEVE DE LA NOCHE y el senador tomaba un café con leche con pan en su café favorito. En ese momento entraron dos hombres, sacaron unas enormes pistolas y tiraron sobre el senador. Inocente o culpable, lo cierto es que el senador estaba comiendo pan cuando lo mataron, manchando su traje blanco de dril cien de sangre y café con leche derramados.

EMPEZÓ A LLOVER cuando la manifestación pasaba frente al Capitolio Nacional. Corriendo vino un edecán con un paraguas. Lo abrió. «Presidente, no se moje.» El presidente de la república hizo un gesto airoso con el brazo y rechazando el paraguas respondió: «No importa, amigo: es agua cubana la que está cayendo».

EL AMBICIOSO GENERAL aparece rodeado de militares pero él está de civil. Éste es su tercer golpe de estado en veinte años y se le ve satisfecho con su poder. El general, a quien le gustan los símbolos, lleva puesto un jacket de cuero: el mismo que llevó en ocasiones similares anteriores. Después jurará que en el bolsillo del jacket llevaba una pistola con una «bala en el directo» –para matar o morir si el golpe de estado fracasaba–. Pero bien poco arriesgaba con el jefe del ejército atrapado durmiendo en calzoncillos. El general está en el centro con un pie de grabado que dice: «¡Éste es el hombre!» Ese *ecce homo* quiere ser adulatorio. El general vestido de civil, sonriente, quizá piense en las fuerzas históricas que acaba de desencadenar pero no se le ve. A su alrededor hay coroneles y capitanes que bien pronto, en unas horas apenas, serán generales y brigadieres. Este ascenso violento dividirá la isla en dos. Pero a los hombres que están en la foto parece no importarles.

EL HOMBRE (era un mulato largo, de manos largas y flacas y piernas tan largas que cuando se paraba realmente se ponía en pie: parecía desdoblarse, desenrollarse como un acordeón de huesos y armarse sobre sí mismo en el aire, componer los miembros infinitos, echar adelante el pecho delgado y estrecho y también largo, y finalmente ganar el equilibrio, no pararse, que ahora tenía puesto un sombrero de paja blanca o amarilla, pálida, que llevaba con las alas vueltas hacia arriba, como lo llevan los negros de la ciudad, que no creen en el sol, su cara era huesuda y flaca y también impenetrable, no por los espejuelos oscuros que usaba, sino por sí misma, hermética excepto cuando se reía y mostraba uno o dos dientes de oro, y era que su risa era su comunicación cierta, su risa y la guitarra que entre sus manos extensas, entre sus brazos de mantis atea parecía un violín, una mandolina, una bandurria: la atravesaba al pecho, amarilla contra la camiseta blanca que la camisa de rayas negras y blancas dejaba ver, impoluta, abotonada con esmero, decorada por la gran medalla de oro de la Caridad, abierta la camisa con el propósito de mostrar el inmaculado interior, como dientes blancos sobre el pecho y la doble imagen dorada) se reía mientras tocaba no sé qué Longina o Santa Cecilia o En el sendero de mi vida triste o algo así y dejó que las notas se alargaran, alcanzaran el semitono, se detuvieran como en un melisma infinito, en un definido gorjeo y se extendieran más allá de las palmas, de las copetúas en flor, por sobre el incendio vegetal de los flamboyanes, reproducido en la puesta de sol, en el fuego cósmico que estallaba, se integraba y volvía a reventar tras las grandes lomas moradas, azules, negras —en un espectáculo increíble y único y gratuito, y que a nadie interesaba.

La vida amigo es como esa vaca muerta, dijo cuando acabó de tocar y puso sus manos cruzadas sobre la guitarra, tapándola. Ve la vaca muerta: nadie puede echarlo a usté patrás, dijo al muchacho, ni el yip darle marchatrás ni retrasar el reló de aquí del correo, porque ná deso va salvar la vaca. De manera que lo mejor es seguir su camino ca uno: la vaca pal matadero a completar el matarife lo que ustedes empesaron, dijo mirando para el muchacho, que era un recluta, pero también para el cabo y el otro soldado que venían en el jeep y que bajaron por la insistencia del muchacho, del chofer, a dar excusas por la vaca atropellada, ustedes pa dónde iban tan apuraditos, la gente aquí pa su casa a seguir haciendo lo que estaban, acás, dijo, así con esa ese de más, mirando para el compungido campesino que tenía detrás, pa su miseria menos en tiempo muerto, y yo, que voy a seguir tocando hasta que la máquina invisible nos alcance un día sin ruido a mí y a mi guitarra... O que una cansionsita désas o un discursito tuyo se te atraviese como boniato sin grasa y te atragante, oíste, dijo el cabo mirándolo fijo. Puede ser cabo, dijo el negro. Puede ser. Es como digo yo: en la vida todo sale. El cabo plantó su bota con ruido sobre el piso de madera de la bodega-oficina-de-correos-alcaldía-bar-club-y-centro-de-veteranos del pueblo y sacudió una mano con el índice torcido que señalaba al músico. Oye lo que te voy a decir, dijo, negroemierda. Negro, dijo el negro. No, negro no, negro de mierda, dijo el cabo amenazador. Como usté diga cabo; usté es la ley y la palabra de Dió y el cabo, dijo el negro sin mover un dedo de la guitarra, sin echarse atrás ni adelante, sin dejar de mirar al cabo, a los tres soldados. Bueno, dijo el cabo, tú eres un negroemierda y un bocón y ya te tenemos fichado. Así que te vas a ir yendo con la música a otra parte. Cuando regresemo, no te quiero ver por aquí. Es un consejo. Recuérdate de la vaca. No me olvido de la vaca cabo, dijo el negro. Grasia por el consejo.

Asétalo en lo que vale chico, dijo el otro soldado. Recuérdate de la vaca, repitió el cabo moviendo su dedo. Vámonos cabo, dijo el muchacho, el chofer, el recluta, por favor que nos va coger la noche en la carretera todavía. ¿Qué? ¿Tienes mieo? No cabo, miedo no, pero estamos sin luces: la vaca hiso trisas los focos. ¿La vaca? La vaca no, tú chocaste con ella. Yo seguí sus órdenes cabo, dijo el muchacho. Sí, yo te dije que corriera pero no que chocara, dijo el cabo, final, y se volvió para el negro: Recuérdalo: ni tú ni tu guitarrita ni tus chansitas de música o de palabra, a la vuelta, oíste. Dijo el negro: Como usté diga cabo.

Se fueron. Cuando el jeep no había arrancado todavía después de haber sido inspeccionado de nuevo, y ya el sol, solo, se ocultaba en la indiferencia de los que estaban en el portal mirando nada más para los tres soldados, el negro resbaló una mano casual sobre las cuerdas, que sonó como un acorde, pero que fue más bien el punto final al incidente –y cuando se fueron de veras, cuando se metieron en la curva protectora y tras la última casa del pueblo, el negro volvió a tocar y volvió a cantar y volvió a reírse como tocó, cantó, rió antes de que llegaran los soldados, cuando mataron la vaca, cuando bajaron del jeep todavía atontados por el golpe o la sorpresa, cuando vinieron hacia la casa, hacia el grupo, cuando buscaban al dueño y encontraron su música y su risa y su sorna, que seguiría allí, sin la menor duda, después del último soldado, después del último animal (o hombre) muerto y después del último jeep apurado o con miedo o con las dos cosas a la vez, que sucedía.

Cantaba María Bonita, con música de Agustín Lara y letra del cabo:

> Recuérdate de la vaca,
> María Bonita, María del Alma,
> recuérdate de sus ojos
> tan dormiditos y tan en calma…

LA NOCHE ANTES, como a las dos, entró el que parecía el líder a decirles que iban a asaltar un cuartel. No les dijo qué cuartel. Dijo que los que no estuvieran de acuerdo podían renunciar al ataque. Se les pediría, nada más, que se quedaran en la finca hasta dos horas después de la salida del grupo. Sería una medida de seguridad tanto para los que fueran como para los que no fueran. Uno de los hombres habló. Él no estaba de acuerdo con el asalto. Ni siquiera sabía por qué estaba allí. Había venido acompañando unos amigos al carnaval. Creía que el ataque tenía que fallar. Sin embargo, añadió, voy a ir. Dos más decidieron no ir. Cosa curiosa, el hombre que fue sin estar de acuerdo peleó, se portó bien y resultó herido, pero salvó la vida y de los siete que quedaron en la casa no quedó uno vivo. La policía, el ejército, la secreta o lo que fuera descubrió el lugar y cercó la casavivienda, y los hicieron salir gritándoles con un megáfono que se rindieran. Los fueron matando mientras salían, uno a uno.

HAY UNA FRASE POPULAR que dice que cuando un negro tiene canas / es porque es viejo con ganas. Este negro, este hombre, era viejo, pero caminaba ágilmente y sin miedo por la calle, aunque no lejos todavía se oían disparos aislados y de vez en vez una ráfaga de ametralladora, clara, distinta, d-e-s-t-a-c-a-d-a de los ruidos habituales del amanecer: gallos que cantan, pájaros trinando en los árboles, una ventana que se abre y la hoja golpea contra la reja de hierro. Subió por Caridad con el pan debajo del brazo y saludó a alguien que pasaba. Dobló por Espinosa y al llegar a Sebastián Castro y Saldaña oyó el motor. Vio cómo el jeep asomaba sus faros todavía encendidos y después todo el chasis por la comba de la loma y vio también los soldados. El jeep pasó de largo, él siguió su camino. Entonces oyó que de atrás lo llamaban por su nombre. Se volvió y recibió los tiros en el pecho, en el cuello y la cabeza.

Claro que lo conocían: todo el mundo lo conocía en la ciudad: fue revolucionario hace años y estuvo en la cárcel y escapó a la muerte muchas veces. Pero no esta vez. Hacía una semana que estaba enfermo y como vivía solo tuvo que salir a comprar su desayuno. Todo el mundo lo conocía y estuvo tirado en la calle, muerto, con el pan sobre la sangre encharcada, hasta las doce del día o más. Como ejemplo, parece, o más bien un símbolo del tiempo en que le tocó morir —que fue, como el de todos los hombres, malo para vivir.

LO ÚNICO VIVO ES LA MANO. Al menos, la mano parece viva apoyada en el muro. No se ve el brazo y quizá la mano esté también muerta. Tal vez sea la mano de un testigo y la mancha en el muro es su sombra y otras sombras más. Abajo, medio metro abajo, está el césped quemado por el sol de julio. Hay claros en la yerba, de pisadas o senderos de tierra o cemento. Ahora los senderos aparecen blanqueados, fulgurantes, por la luz. Un objeto que está cerca –una granada, el casquillo de una bala de cañón de alto calibre, ¿una cámara de cine?– se ve negro, como un hueco en la foto. En el sendero, sobre el césped, hay cuatro, no: cinco féretros, que son cinco simples cajas de madera de pino. (Parece que hay seis, pero ese último ataúd es la sombra del muro.) Una de las cajas está medio abierta y tiene un muerto en el suelo y en la caja más cercana el muerto, también fuera, tiene puesto un brazo como reclamándola. La caja que se ve mejor, a la derecha, está clavada y lista para hacer el viaje. En medio del patio hay un muerto solo, que no tiene ataúd pero que lo espera, doblado en un garabato, con un latón de basura que cubre su cabeza en un acto que puede ser de piedad o burla. Hay algunos árboles al fondo que dan una sombra oscura. Arriba, a la izquierda, un gancho de hierro forjado se funde a los árboles negros y parece un signo. No es más que un adorno del muro o de un balcón del cuartel.

LO ÚNICO QUE QUEDA DE ÉL es la fotografía y el recuerdo.

En la foto está sentado en el suelo y mira al fotógrafo como mirará a la muerte, sereno. Está herido porque se ve la sangre que baja por la pierna derecha y un manchón oscuro sobre el muslo, la herida –y no es una cornada. De manera que nadie corre a llevar el diestro a la enfermería. Esto no es una corrida y el piso de azulejos moros no es de la capilla de una plaza de toros de provincia. Es un cuartel, en tiempo de carnaval, domingo. El herido no se vistió de luces porque no es un torero ni quiso posar de matador. Trató de poner fin a una tiranía y se disfrazó de soldado en la madrugada y vino a atacar el cuartel con noventa muchachos más. Ahora el ataque fracasó y él está ahí tirado en el suelo del cuerpo de guardia esperando a que lo interroguen. No tiene miedo ni siente dolor, pero no se jacta ni siquiera piensa en el dolor o el miedo: hace el fin con la misma sencillez que hizo el comienzo, y espera.

El recuerdo sabe que segundos después lo levantaron a empujones, luego de tumbarle el cigarrillo de la boca de una bofetada y de insultarlo. El cigarrillo se lo dio el fotógrafo, el mismo que creyó ingenuamente salvarlo con la fotografía. Le preguntaron a gritos y él respondió tranquilo que no sabía nada y nada podía decir: Ustedes son la autoridá, no yo. Cuentan que una sola vez trató de alcanzar la herida con la mano, pero no pudo y aunque no hizo un gesto se veía que dolía como carajo. Más tarde lo sacaron a golpes de culata y cuando bajaba cojeando los tres escalones hasta el patio le pegaron un tiro en la nuca. Tenía las manos atadas, como las tiene en la foto todavía.

LOS OBLIGARON A FORMAR en el patio de la prisión. Fueron cinco o seis, presos políticos todos. Era el 24 de diciembre y un interrogatorio de noche, con frío, al aire libre no es la Nochebuena de nadie. Todo estaba negro alrededor de la cárcel y se oía soplar el viento, en ráfagas, por sobre el tejado. Dos reflectores los iluminaban. Soldados y no los guardas habituales eran la custodia. El interrogador, vestido de coronel, preguntaba algo, primero en voz baja y luego los insultaba vociferando por minutos, agotando su vocabulario de malas palabras, repitiéndolas, y empezando de nuevo volvía a decir las cosas bajito, como conversando.

Después, un teniente que se mantuvo siempre en la oscuridad les puso uno a uno su pistola detrás de la oreja. El coronel gritaba cada vez: ¡Van hablar coño, van hablar!, y entre el fin de su grito y el disparo se oía el silencio o el viento.

Estaban presos hace días y ninguno pudo responder las preguntas sobre un atentado ocurrido esa mañana. ¿Pensó el último rehén antes de morir que soñaba?

COMO A MUCHOS CUBANOS, le gustaba bromear con las desviaciones sexuales y su especialidad era la imitación perfecta de un pederasta. Mulato, pequeño y delgado, se peinaba con peine caliente y dejaba un tupé al frente. Al principio, cuando se unió al grupo, le apodaban de cierta manera; pero luego mostró valor y sangre fría y audacia suficientes para escoger él su alias. En otro tiempo habría sido rumbero porque bailaba bien la columbia, pero ahora era un terrorista y llegó a ser responsable provincial de acción y sabotaje, que era un puesto al que no podía aspirar todo el mundo. Hacer terrorismo político no es, como se dice, juego de niños. Y si es un juego, debe parecerse a la ruleta rusa.

Uno de los métodos favoritos de este terrorista era encender el pabilo bajo el saco con un cigarrillo, la dinamita segura por el cinto, y luego dejar que el cartucho rodara por la pierna del pantalón, por dentro, mientras caminaba tranquilo, paseando. Poco después de perfeccionado el método hasta hacerlo una técnica, lo cogieron.

Venía pensando cómo escapar a la tortura mientras subía la escalera del precinto, esposado a un policía, cuando se le ocurrió una treta. Quizá diera resultado. Iba vestido como siempre, con pantalón mecánico, la camisa por fuera y los tennis blancos y terminó de subir los escalones que faltaban con alegría ligera, casi alado, contoneando las caderas. Al entrar, pasó la mano libre para alisar el pelo y formó la concha al mismo tiempo. Los policías lo miraron extrañados. Cuando el sargento de guardia le preguntó las generales, entonó un nombre falso y una falsa dirección y una ocupación también falsa: decorador exterior. Los que lo arrestaron insistieron en que se le asentara como peligroso y el sargento lo miró de nuevo, de pies a cabeza. La anotación significaba que lo viera el jefe de la demarcación. Los policías aseguraron que era el cabecilla de una organización terrorista y ante la insistencia salió el jefe. Al oír la puerta y los pasos autoritarios y ver la respetuosa atención con que todos saludaron, se volvió con un gesto que Nijinski habría encontrado gracioso, y girando solamente las caderas enfrentó a su némesis y a la escolta con una sonrisa casi erótica. Era un coronel que había comenzado su carrera al mismo tiempo que el terrorista, pero en otra dirección. Los dos hombres se miraron y el terrorista bajó sus largas pestañas, humilde. El coronel lanzó una carcajada y gritó entre la risa generalizada: Pero coño, cuántas veces le voy a desir que me dejen quieto a los maricones. Nadie protestó, ¿quién iba a hacerlo? Lo soltaron y él se fue dando las gracias con floridas, lánguidas eses finales.

Pero la historia tiene otro final. Dos, tres meses después lo volvieron a coger, esta vez con un auto lleno de armas. El coronel quiso interrogarlo él mismo y al saludarlo le recordó la entrevista anterior. Apareció a la semana en una cuneta. Le habían cortado la lengua y la tenía metida en el ano.

LA SIERRA NO ES UN PAISAJE, es un escenario. Antes de llegar a ella está la sabana, de tierra amarilla y colorada, con ríos torrenciales o arroyos secos o pasto inagotable o paja amarilla y quemada o grandes polvaredas, según la estación y el tiempo. Y están los centrales, las fincas, los potreros: caña y árboles frutales y reses por millares. Del otro lado (a doscientos kilómetros) está el mar, en olas que esculpen las piedras en guijarros o en abstractas estatuas de coral o en playas estrechas, y (a veces con una simple marea) las montañas que bajan a pico a hundirse en el océano. O están los mangles, el pantano: el estero de fango y de mosquitos. En las estribaciones hay la vegetación tropical y quizá cocoteros y palmas. Está también la manigua que crece por la noche sobre el sendero abierto en la mañana. A veces hay árboles del pan y curujeyes entre las ramas de las ceibas y el dagame, para auxilio del viajero muerto de sed o hambriento, y de adorno bonito, las orquídeas salvajes. Quizás halle caimitos o un mango extraviado o papayas silvestres y de seguro anones y guayabas y árboles de maderas preciosas, si no pasó por allí antes el carbonero nómada. Más arriba ya no hay matas con frutas y comienza a encontrar los helechos gigantes y la palma de corcho y otras plantas que estaban ahí antes del diluvio. Pero la manigua lo acompaña todavía: es un mundo vegetal, aunque es posible que vea majás y jubos, que son serpientes y culebras inofensivas al hombre. Verá también la jutía, esa enorme rata comestible, y muchas, muchas aves. Es probable que encuentre el extraño espectáculo de un árbol seco florecido de auras, los buitres cubanos. O tal vez otro árbol con nido de carairas a punto de caerse por el peso. Verá aves

(zunzunes) que parecen insectos y mariposas del tamaño de pájaros. La marcha se la impide ahora el tibisí, que sustituye al mara-
bú y al aroma en la tarea de hacer diques vegetales, macizos con
púas que el machete apenas araña. Aquí y allá verá troncos de un
metro o dos de diámetro y forma tubular: es el árbol barril, que
arriba crece del arbusto sabanero que es abajo en un perfecto to-
nel viviente.

El aire se hace tenue y a veces el viajero está rodeado de nubes
y cuando sirven de alfombra es que hay delante un precipicio. Se
camina entre abismos por pasos de medio metro de ancho y mil
quinientos, mil ochocientos, dos mil metros de altura. Las baja-
das son verticales y el único punto de apoyo para el pie o la
mano en precario equilibrio son raíces y arbustos y alguna piedra
dura. Cuando se encuentra una meseta, todo es verde: hasta la
luz solar es verde. El suelo está cubierto de un verde tapiz vegetal, los árboles, los arbustos y la manigua muestran la gama ínte-
gra del verde. Los troncos de los árboles están cubiertos de un lí-
quen que es como orín verde, pero mojado al tacto: esa verde
realidad es húmeda. De las hojas gotean miles de perlas de lluvia
y, al pisar, la yerba se hunde con un chasquido acuoso. Sobre las
rocas musgosas hay cristales líquidos y el camino está cruzado de
arroyos menudos, por venas de agua. La temperatura es de pocos
grados sobre cero y la luz apenas atraviesa el follaje. En un claro
aparece un trapo de nube y el sol lo ripia y por el rayo trepa una
espiral de vaho. No hay aire, pero de cuando en cuando se siente
una ráfaga fría. Lejos, abajo, está el mar gris a un lado y al otro
lado y al otro se ve ahora gris la sabana.

EL DÍA QUE LLEGARON LA GUERRA IBA MAL. Aparecieron sin aviso, como paracaidistas. La posta los rechazó y les dijo que no podían quedarse, que volvieran para atrás. No quisieron y hubo que traer al oficial y tampoco se fueron. El campamento no era muy grande y el ruido llegó a la comandancia y salió el comandante. Vio el tumulto, vino a saber qué ocurría y encontró discutiendo con la tropa a un guajiro corriente y a un tipo que de pequeño que era lo hacía un gigante. Qués lo que pasa aquí, preguntó el comandante. Éstos, que vinieron sin arma y no quieren regresarse, respondió la guardia. ¿Es verdá?, preguntó el comandante. Sí, dijo el chiquito y al llegar junto al comandante, que mide seis pies y dos pulgadas, se hizo un enano. El comandante miraba de arriba abajo, pero el otro miraba a su vez de abajo arriba y no decían nada. El comandante fumaba su tabaco perenne, lo movía de un lado a otro de la boca y soltaba un humo espeso que para el visitante eran nubes. Parecían San Jorge y el Dragón de las litografías y pronto serían David y Goliath. Así que sin arma, no, dijo el comandante sin preguntar. Ustedes no pueden quedarse aquí sin armas, dijo alzando la voz. Vuelvan a donde salieron. No tenemos armas ni tampoco comida, dijo, y no vamos andar alimentando bocas ociosas. El enanito lo miró una vez más, pareció pararse en punta de pies, preparar su onda y lanzar la piedra: ¿Y si no tenían armas pa qué llamaron al pueblo a la lucha?

Ahora fue el comandante el desarmado y no pudo más que responder al otro: Bueno capitán, dijo, que se queden. Pero si en la primera escaramuza, dijo, no consiguen ni una escopeta, me los fusilas, que ya bastante peso muerto tenemos con la impedimenta pa tener también peso vivo. Los dos recién venidos se quedaron, aunque nunca supieron si el comandante hablaba en broma o en serio. En la próxima batalla el mayor no cogió ningún arma enemiga y no regresó al campamento. El enanito, sin embargo, capturó un Springfield que era más grande que él. Luego combatió tanto y tan bien que llegó a capitán y al morir, tres días antes de acabar la guerra, lo hicieron comandante póstumo.

SIMULÓ ENCONTRARLO CASUALMENTE y lo saludó como a un viejo amigo a quien no viera en buen tiempo. Estaba tomando cerveza y él también pidió cerveza. Cuando el camarero trajo las dos cervezas y se fue, el hombre que acababa de llegar le dijo, bajito, al otro hombre: El pájaro está ya en la jaula. El primero, el que estaba en el café, ese hombre de treinta años que luce tener cuarenta por la calvicie prematura y la sombra negra de la barba y el bigote poblado, pero también por el gesto amargo en los ojos, en la comisura de los labios, en la boca al hablar, que parece la estela de un viejo sufrimiento, casi sonríe: De manera que por fin vino, dice. Muy bueno tú, muy bueno. Sonrió ahora: Hoy se acaba la cosa, dijo.

Volvieron a pedir cerveza y brindaron en silencio por el éxito del asunto, que no era precisamente una gestión comercial. Eran más de las once y ellos estaban sentados todavía al aire libre, mirando el claro día de fin de invierno combarse en un cielo sin nubes sobre el mar tranquilo y azul, y seguían con la vista los autos que corrían por la avenida. Atravesó la calle una muchacha rubia, alta, hermosa y quizás un poco gorda, pero no para Rubens —tampoco para el primer hombre, que la miró de arriba abajo y le dedicó un piropo al pasar. Al poco rato cruzó otra mujer: una mulata delgada, china, caminando moviendo las caderas. También le dijo algo. El otro hombre, que era tímido, sonreía ante cada requiebro y sorbía un poco de cerveza. Pasaron muchas mujeres por la acera del café y él siempre regaló una frase de homenaje a cada una, hablando con su cómico acento español. El otro lo miraba divertido al parecer, pero en el fondo admirado de que aquel hombre que en dos o tres horas iba a dirigir una tropa de asalto en el más arduo de los ataques comandos y quizás estaría muerto (así fue) ahora pareciera un superficial y frívolo y pacífico ciudadano: el burócrata feliz tomando su aperitivo al mediodía.

VENÍA CON LOS DEMÁS, en fila india, por el zaguán flanqueado de policías con armas largas. Así salieron de la cárcel: subieron uno a uno en las jaulas y los llevaron hacia el tribunal escoltados por tres perseguidoras.

Entraron al palacio de justicia, donde por sitios asomaba la vieja piedra a la que la lluvia y no el tiempo o el hombre desnudaba de la cal amarilla y del revoco. Algunos llevaban espejuelos ahumados y quedaron ciegos un momento al contraste del interior en sombras con la violenta luz de afuera. Los pasos se oyeron en la sala del juicio. Los familiares y los abogados y los periodistas y los curiosos se pusieron de pie.

Al ir del corredor al patio donde en los recesos conversaba la gente, la fila dobló a la izquierda para reunir los presos (vestidos con la sarga reglamentaria de la cárcel: pantalón azul y chambra azul y gorra azul que ahora llevaban en la mano) en la sala de espera y fue el momento que el muchacho sin espejuelos, delgado, lívido dejó la fila dando un paso al lado y entró en una de las salas vacías. Se ocultó tras la puerta y esperó. Cuando pasaron se quitó la chambra y mostró debajo una camisa con palmas verdes y rojas sobre un paisaje blanco (o al revés) y la sacó por fuera, para cubrir algo los pantalones de la prisión. Tiró la chambra y la gorra a un rincón y se puso unos espejuelos negros. Caminó tranquilo, atravesó el patio, salió a la calle por la puerta grande, llamó un taxi –y se fue.

Al otro día los periódicos publicaban fotos de la chambra y de la gorra ahora negras o grises y un croquis del supuesto trayecto del prófugo que era más bien un diseño del laberinto. En realidad la idea le vino esa mañana al muchacho pálido. Quiso ponerla en práctica en seguida y había en su simpleza un toque de azar simpático que la hizo triunfar. Pero no hubo plan maestro, ni mapas de fuga, ni complot y fue así de fácil.

TARDE EN LA NOCHE, por la ciudad corren los carros de leche. De madrugada parece que las calles, la ciudad les perteneciera. Cruzan las avenidas y los callejones a igual velocidad, sin detenerse y muchas veces a oscuras. Pero uno de ellos no es un carro de leche. Quizá sea el más prudente, que va despacio y con luces y hace señas en cada bocacalle. Tal vez sea ese tirado por un caballo que atraviesa toda la ciudad de doce a seis. Nadie sabe nada. Todos hablan del carro de leche, pero nadie lo conoce. Dicen que sale del sótano de una estación de policía y lleva dentro un muerto —dos o tres, los que haya. El muerto es siempre un preso de la oposición y si tuvo suerte lo mataron pronto. Otros son torturados antes y sus familiares pasan trabajo para reconocerlos en el necrocomio.

LOS AVIONES BOMBARDEARON TODO EL AMANECER. Una bomba cayó en un bohío y mató una familia, otra cayó en el hospital, que ya había sido evacuado. Los refugios aguantaron, pero después del ataque estaban llenos de tierra, de maderos, de escombros. La palabra refugio antiaéreo sugiere la militar solidez de una casamata o la seguridad civil de un sótano o del metro, pero estos refugios eran primitivos y recordaban más bien el cruce de una cueva con una cabaña de troncos. Se construían en una cañada, en un arroyo seco y a veces junto a una loma, sus paredes eran las márgenes del río o la falda de la loma y el techo se hacía de gruesos maderos amarrados con sogas o bejucos, finalmente se cubría todo con tierra y piedras y, de ser posible, fango. Era, con todo, un buen refugio contra la metralla y si no recibían un tiro directo podían considerarse seguros —aunque pocos refugios antiaéreos protegen de un impacto directo.

Hubo rebeldes muertos y heridos. Entre los heridos estaba un sargento de comunicaciones, un muchacho rubio, de barba rala y cara campesina. Se quedó estableciendo contacto con la comandancia y una bomba estalló cerca. Tenía una herida a un costado y como era pequeña el médico decidió atenderlo último. Pero ahora estaba en el suelo sujetando la herida con las manos y gritando, aullando de dolor. El comandante lo oyó y vino a paso vivo. Se agachó sobre el herido y dijo apretando los dientes: Coño, usté es un hombre o qué, dijo. Aguante el dolor, que eso no es nada, dijo y le quitó las manos del vientre, mirando la herida y apreciándola con un chasquido de labios. Eso es un rasguño, mierda, dijo, y usté está alarmando a los civiles heridos.

¡No se olvide carajo que es un soldado!, dijo y se levantó y se fue. El muchacho se mordía la lengua, los labios, la barbilla y babeaba por un lado de la boca. No dijo nada, no podía hablar. Clavó las manos en la tierra, hundiendo los dedos entre la yerba, en el polvo. Al hablarle el comandante se puso rojo; en ese momento estaba muy pálido.

Cuando vino el médico, se estaba ya muriendo. Llamó al comandante pero fue inútil, porque entró en coma y la agonía duró poco. El médico dio vuelta al cadáver y vio que la herida no tenía salida y decidió hacer la autopsia. El comandante le ayudó. La sangre apenas dejaba ver dentro del vientre y el médico sacó un puñado de heces fecales y entre ellas, brillando al sol, seis, diez, doce agudos, grises pedacitos de metralla: la herida la había hecho una esquirla que se dividió en la cavidad, al entrar, formando una ducha de navajas veloces que le perforaron los intestinos y reventaron el hígado. Técnicamente estaba muerto desde el principio, dijo el médico.

El comandante limpió la sangre de sus manos en un trapo que botó lejos. Se quitó el sombrero y caminó hasta el puesto de radio bajo el árbol y al llegar dio una patada al árbol.

VENÍA CAMINANDO POR LA ACERA pasando justo al lado de la mansión del coronel de la policía y entró en la casa de al lado, siempre cargando su paquete. Cuando estuvo en el cuarto le entregó el paquete a su anfitrión y le dijo: «Aquí está la dinamita. Ponla en lugar seguro —y ten cuidado, que da dolor de cabeza. A mí se me parte ahora». Su anfitrión le trajo una aspirina y finalmente el joven terrorista se acostó en su cama del cuarto donde llevaba escondido casi seis meses ahora. La dinamita la pusieron dentro de un closet en el cuarto en que dormían sus padres y su hija mayor. Como a la hora se apareció el otro terrorista a reclamar la dinamita prestada. Estaba muy nervioso y al salir de la casa dudó un instante antes de bajar a la acera.

¿ES CIERTO que ningún arado se detiene por un moribundo? Los autos pasaron de largo toda la noche mientras el hombre moría a un lado de la carretera. Deben haberlo sacado de la cárcel a medianoche y vinieron y lo mataron aquí. O tal vez ya estaba muerto, torturado, y un carro lo trajo de madrugada y lo dejó junto al laguito. O lo tiraron, al anochecer, de una perseguidora. Le dieron por muerto y el hombre estaba vivo todavía y se estuvo muriendo la noche entera.

Amaneció como siempre. La luna se ocultó temprano y Venus se fue haciendo primero más brillante y después pálida, tenue. Dejó de soplar el viento de tierra, pero había más fresco que al atardecer. Varios gallos cantaron o un solo gallo cantó muchas veces. Los pájaros empezaron a silbar o a piar o a gorjear sin moverse de los árboles. El cielo se hizo azul y luego regresó al violeta, al púrpura, al rojo, al rosa y más tarde fue naranja y amarillo y blanco al salir el sol. Las nubes llegaron desde la costa. Ahora olía a café. Alguien abrió una cancela. El tráfico se hizo mayor.

El muerto siguió en la cuneta hasta que a media mañana lo levantó el forense.

SU SPRINGFIELD DESCANSA CONTRA EL ÁRBOL. El otro, más afortunado o más viejo, tiene un fusil Garand a sus pies. Es mediodía y están sentados bajo una ceiba, aprovechando la sombra y la brisa para completar la operación. Los dos son barbudos y de melena, pero uno lleva sombrero de guano y el otro una gorra de pelotero, y en el hombro bordadas las estrellas de comandante sobre el triángulo rojo y negro, los dos. El más joven masca un tabaco apagado y mira atentamente el plano cuadriculado que tiene delante: parece estudiarlo. El más viejo se mesa la barba polvosa, sonríe. Hay aire ahora y los papeles que están sobre la mesa se levantan intentando volar, pero nada puede su rebelión aérea contra la tiranía del pisapapeles de piedra. El joven quizá piense en la táctica, en ciertos movimientos de flanco –tal vez en un ataque rápido. El viejo parece que confía en las emboscadas, en una incursión protegida por la noche y la sorpresa. Más lejos, los rebeldes conversan tumbados sobre la yerba o limpian el arma o duermen al fresco: el negocio no es de su competencia, que decidan pues los comandantes. Los dos jefes se concentran sobre el cuadro de operaciones y cavilan en silencio. El viejo se quita el sombrero y enjuga el sudor de la frente con la manga. Ahora es el joven quien sonríe y adelanta una solución estratégica. El viejo quiere protestar, pero se calla: sabe que la guerra exige valor y también prudencia.

Llevan ahí una hora, hora y media, dos horas y nadie se atreve a interrumpirlos, porque intuyen que es un momento histórico. La sombra del árbol se ha corrido y el papel aparece manchado por la luz y por las sombras. El viejo adelanta una mano y ríe y anuncia: «¡Jaque mate!, mi amigo», con voz triunfal.

EL CAPELLÁN ERA UN CURA que se apareció en el monte como muchos guerrilleros. No era un defroqué, pero bebía. Por mucho tiempo su bebida favorita era el coñac que se anunciaba por radio con un son que terminaba Que Tres Medallas te acompañe y era conocido popularmente como Tresmelucas. El capellán siguió bebiendo en el monte y tuvo dificultades algunas veces, aunque todos admiraban su valor y la forma en que llevaba la bebida.

Una vez atraparon al jefe de una partida de bandoleros y lo condenaron a muerte. El bandido dijo que él era católico y pidió un cura que lo absolviera. Llamaron al capellán, que vino, se detuvo junto al reo y le dijo: «Ego te absolvo in nomine Patris et Filii et Spiritus Sancti». El bandolero protestó que no sabía latín y quería una absolución en español. El capellán bajó y subió dos veces la cabeza y le dijo: «Bueno hijo: Que Tres Medallas te acompañe». Todos se rieron, hasta el reo, que era un hombre que siempre se jactó de no conocer el miedo.

ALGUIEN DIJO que el hombre joven no piensa en la muerte. Este muchacho estaba sentado sobre las raíces botadas de un jagüey y comía un mango. El jugo le manchaba la barba negra y corría por sus manos. Se reía, porque a su lado otro rebelde contaba un cuento. Lo que pasa, dijo el cuentista, es que el sobrino erasí, medio bobo. Pero no había manadie pa ponele la inyesión a la tía, así que tenía que ser él. Los demás se rieron. Conocían el cuento pero se reían. Y el sobrino que va la botica y viene con la medesina y la jeringa y lo prepara to para inyetar a la tía, que se tuvo que subir lenagua, y entonse le pregunta, así, con su carebobo, Tía ¿quédonde le meto, por el tiro o por el machetaso?

Se tiró para atrás exagerando su contento pero de veras contento, con el mango, la semilla pelada en la boca, apretada la nuez hilosa y dulce entre los blancos dientes. Vio las ramas del jagüey elevarse entrecruzadas y al moverse el sol aparecía y desaparecía entre las hojas, haciendo blanco al árbol y blancas las ramas y blanco el paisaje. Cerró los ojos y vio rojo y negro y rojo. Se reía y oía el viento en los árboles y el crujido de las ramas y un pájaro que cantaba. No, piaba. Tal vez un judío, que los campesinos cubanos llaman así por su sonido, sin saberlo, aunque ellos lo explican diciendo que es porque traiciona, queriendo decir que este pájaro, como todos los arrieros, pía siempre que ve acercarse al hombre, y los campesinos y los demás pájaros y las bestias del monte lo usan como centinela. También los rebeldes lo tenían por vigía.

Reía, cerrados los ojos, el mango en la mano, los brazos hacia arriba, manchados de amarillo hasta el verdeolivo de la manga, al

tenderlos para coger impulso y sentarse y quizás pararse. Se reía
cuando lo tumbó la descarga. Nunca supo qué lo mató, si una
bala amiga escapada o un tiro de una emboscada enemiga o qué.
Cayó hacia un lado y rodó bajo el árbol hasta la cañada. ¿En qué
pensaba? Alguien dijo que nunca se sabe lo que piensa el va-
liente.

EL COMANDANTE tenía la costumbre, cuando atrapaban a un soldado mal herido, de hacerse pasar por amigo suyo. Así se acercaba al moribundo y le hablaba al oído y le infundía confianza para sacarle información sobre el enemigo y no dejaba que nadie, ni siquiera los enfermeros, se acercaran al herido hasta que conseguía lo que quería −o el soldado moría. Esta costumbre siempre repugnó al otro comandante.

AUNQUE ESTÁN TUMBADOS EN LA YERBA LOS TRES no es El desayuno en el césped. Uno tiene un agujero en la frente y otro en la cara y otro más en el cuello. El otro está bocabajo y hay algo deforme en su cabeza, quizá golpes, o balazos. El tercero, un mulato sin camisa, recibió por lo menos diez tiros en el pecho y en el vientre. Se ve delante una banda de asfalto que debe ser la carretera y detrás un pedazo de playa o la costa, el mar.

No se mueven porque es una fotografía y porque hace horas que están muertos y los dejaron allí para escarmiento y miedo.

LAS FÁBULAS ANTIGUAS parecen improbables y la moraleja es siempre inútil, como los ejemplos: eso no pasa más que a los animales y la experiencia es la vida de los otros. Las fábulas modernas cambian de personajes y esta que contaba todo el mundo tiene a un padre didáctico y a un hijo malacabeza. El padre pensaba cómo darle una lección al hijo y que los consejos diarios se convirtieran en augurios: como todo predicador, aspiraba a ser profeta. Un día un amigo le propuso un plan de cura y el hombre lo siguió.

Invitó a almorzar al jefe de la policía y al huésped le pareció que la petición del anfitrión sería una gran broma. Era coger al hijo pródigo (que no se interesaba más que en los tragos y en las mujeres y en la noche) en su ronda, acusarlo de líder terrorista y encerrarlo en una celda. Seguro que a la mañana siguiente estaría, como decían los anuncios de un digestivo de moda, curado por completo.

El muchacho no salió del asombro, tampoco de la cárcel. Preso, en la estación, protestando su inocencia, el jefe lo dejó encargado al capitán con un guiño. Quiso la mala suerte del hijo y del Polonio criminalmente ejemplar que era su padre que el capitán saliera a comer con su querida y que esa noche estallaran diez bombas políticas y que el ministro de gobernación decretara la muerte de un rehén por cada bomba: un preso cualquiera en las diez primeras estaciones. Él estaba en la tercera o en la séptima y no amaneció con la lengua rasposa de los tragos ni con dolor de cabeza ni con una mujer al lado —simplemente no amaneció.

La moraleja es que la época hizo a la fábula no sólo verosímil, sino también posible.

TENÍA UNA CARA MEZQUINA, torpe y a veces, como ahora, feroz. Lo fusilaron. El juicio duró quince minutos. Cargos: robo, violaciones y deserción, quizás también habrá pasado informes al enemigo. El fiscal fue el comandante y temblaba cuando habló, que dijo: Este hombre que ustedes ven aquí (señalando: dejó todo el tiempo que duró el juicio el dedo así) es un malo y no merece la menor pena. Sí, dijo, merece varias penas, pero es la pena de muerte muchas veces. Como no podemos matarlo más que una, pido que lo condenemos en seguida y que no gasten muchas balas en él. El abogado defensor (un capitán, que fue nombrado contra la voluntad del acusado, que no quería defensa, y que habló muy rápido) dijo que no había atenuantes posibles para los delitos imputados y efectivamente cometidos por su defendido pero sin embargo apelaba a la justicia rebelde para que se le condenara a ser fusilado y no muerto de un tiro en la nuca como los perros rabiosos dijo que debía recordarse su coraje en el pasado dijo que la deserción no se había consumado y que no había pruebas evidentes de la información al enemigo dijo por lo que todo ello lo animaba a pedir él también la pena de muerte, por fusilamiento. Lo fusilaron ahí mismo, contra el arabo a cuya sombra se celebró el juicio: no hubo más que cambiar de sitio el tribunal. Antes de morir, el reo hizo una pregunta. Comandante, dijo, que cómo me pongo. ¿De frente o de espalda? De frente, condenado, dijo el comandante. Usté, de frente. Pidió dirigir el pelotón pero no le fue concedido.

EL COMANDANTE AVANZABA A OSCURAS por medio de la calle. Hacía días que no llovía, pero si levantaban polvo o no al andar no lo sabía y apenas oía el crujido de las grandes botas del capitán que marchaba invisible a su lado. Caminaban hacia el cuartel del ejército. En la guerra de guerrillas un comandante tiene que ser ministro de la guerra, estratega, general de estado mayor, coronel con un regimiento encogido, oficial de asalto y hasta explorador. Esta noche era centinela perdida. La tropa (¿o habrá que decir el resto?) esperaba rodeando el cuartel la señal de ataque, un disparo.

Aunque hacía calor, soplaba una brisa ligera que movió el polvo en dirección al cuartel ahora. No eran todavía las nueve y el pueblo estaba apagado, sin vida, y si hubiera sido otro comandante habría pensado en las aldeas fantasmas del oeste. Pero a este comandante no le gustaba el cine.

Torcieron hacia la calle real y casi tropezaron contra un soldado, que les dio maquinalmente el alto. El comandante llevaba su Thompson montada. (Antes de seguir es bueno hacer la biografía del arma. En los primeros días de la lucha en el monte, el comandante, que todavía no era comandante, la ganó en una batalla. Cuando la vio por primera vez ella viajaba en una tanqueta del ejército. La tanqueta, al ser levantada en peso por una mina, cayó sobre la Thompson y no volvió a ser la misma —la ametralladora, no la tanqueta. A veces, cuando más falta hacía se negaba a funcionar. Es probable que fuera un arma excesivamente leal y se sintiera todavía enemiga.) Cuando vio que el soldado, también listo, iba a hacer fuego, tiró del gatillo. Nada: ni un tiro, ni una detonación, ni siquiera un murmullo. El capitán se dio cuenta de lo que pasaba y recordó la historia de la Thompson renuente: es curiosa la cantidad de cosas que se pueden pensar (y hacer) en segundos. El otro (que llevaba una vieja escopeta, amiga, arma de la familia como quien dice: perteneció a su abuelo que peleó en la guerra chiquita) disparó también, pero la escopeta imitó a la ametralladora y se encasquilló por simpatía. El capitán pensó más tarde que después de todo era un arma que había estado demasiado tiempo metida en la casa, guardada en la cocina, dedicada a la caza ocasional y que era natural que reaccionara con este inoportuno pacifismo de última hora.

La única arma que funcionó fue el rifle del soldado. El comandante hizo lo que cualquier otro ser humano (excepto, quizás, el general Custer) hubiera hecho: corrió, corrió como nunca había corrido ni pensó que pudiera correr y él mismo contó que al correr se preguntaba cuántos récords estaría batiendo esta noche. El capitán, que era el segundo al mando, ahora fue el primero, pues arrancó antes que su comandante. Parece que todo el mundo corrió esa vez, porque los tiros no dieron en carne humana y luego de que el cuartel se rindió (los disparos del Garand fueron la señal del ataque, que no duró media hora) encontraron al soldado temblando agazapado tras una columna en un portal, cerca, y el arma en medio de la calle polvorienta.

El comandante fue justo. Dio el rifle al capitán (que guardó la escopeta para que su hijo o su nieto cazaran en paz, seguros de que nunca habría un accidente venatorio en casa) y encontró en el cuartel una ametralladora Browning, que conservó el tiempo que duró la guerra y que era un arma neutral —disparaba siempre que su amo actual tiraba del gatillo, sin preguntarse nunca a quién mataba o hería.

EL COMANDANTE TRAZA UN PLANO de la batalla en la tierra seca. Pone mucho cuidado en la ejecución, gran meticulosidad en el reparto de posiciones, hace un cálculo exacto de la capacidad del enemigo y de las posibilidades en favor o en contra. Pero al final la batalla se gana por mera casualidad o por la iniciativa renuente de dos o tres bravos que no entendieron nada de las explicaciones, que no saben nada, que no pueden diferenciar la estrategia de la táctica –que ni siquiera conocen estas palabras.

DOS HOMBRES NADA MÁS venían con los trescientos prisioneros el médico y un practicante y ninguno iba armado. Empezaron a bajar desde el amanecer y a las cinco de la tarde llegaron al poblado. Muchos de ellos estaban heridos y los que no podían caminar eran llevados en andas por sus compañeros. En el hospital quedaron todavía unos cuantos heridos graves. Había soldados y clases y también oficiales. El prisionero de mayor graduación era un capitán herido en una pierna, que insistió en bajar andando. El practicante le hizo un cayado y de lejos, con su demasiado orgullo y lo alto y derecho que era, parecía un mariscal con bastón de mando y todo. Al mediodía hicieron un receso y el médico y el ayudante repartieron galletas y dulce de guayaba y agua. Les ayudaron algunos soldados.

Al principio se pensó en enviar una tropa custodia, pero después se vio que no había suficientes hombres y se decidió la última fórmula. Uno de los comandantes insistía en que era riesgoso, que habría motines o que tal vez dejaran a los médicos (*sic*) presos. No pasó nada de eso. Parecían un extraño cortejo, los soldados barbudos (uno o dos, el capitán y otros oficiales insistieron en afeitarse, pero la tropa, quizás por pereza o por un torcido sentido del humor, se dejaron la barba), bajando las lomas, con el médico barbudo en su uniforme rebelde y el sanitario lampiño, con la larga melena recogida en un rabo-de-caballo en la nuca, también de verdeolivo, los dos al final.

Llegaron al pueblo, encontraron a la gente de la Cruz Roja y procedieron al canje. Los oficiales médicos del ejército, al llegar, los saludaron sonando los tacones. Ellos saludaron también, pero estaban muy cansados para hacer chocar las botas. Además, no sabían hacerlo bien.

AL PRINCIPIO NO LO TOMARON EN SERIO. Era el médico, está bien, pero es muy delicado, y de todas maneras, sus manos son demasiado finas para la guerra. Luego, cuando demostró que podía subir y bajar lomas como todos y cuando llegó a la montaña primero que nadie y con aire, y cuando el bombardeo, que todos comieron tierra buscando refugio y él continuó la transfusión, comenzaron a respetarlo más y dejaron de llamarlo médico o doctor para decirle capitán y (algunos) *mi* capitán.

Pero, esa música que él buscaba siempre en el radio, sobre todo por las noches: fúnebre, música de muertos. (Verdad que el aparato era suyo y que siempre lo prestaba y era más el tiempo que lo tenían los otros.)

Un día, una tarde que el sol se ponía rosado, bermellón, púrpura, malva y que él dejó sintonizado algo popular, un chachachá o un son, un danzón más bien, vino un rebelde alto, fuerte, aindiado, que hablaba lentamente, dejó el rifle contra las tablas del bohío (el hospital de campaña) y le dijo: Yo no sabía dócto que a uté le gutaba lo caliente. Cómo, dijo él. Que yo no sabía, dijo el otro, capitán, que a uté le gutara la música de verdá, la caliente, dijo. Como uté etá siempre oyendo música de velorio y eso. El médico lo miró y sonrió. A mí me gusta *toda* la buena música, le dijo. Eres tú el que te pierdes una parte de lo bueno. ¿Sí?, dijo el otro. Cómo se come eso. Ven por aquí a menudo, dijo el médico, y atiende. Desde entonces quiso domesticar la bestia que habita en el soldado con sonatas, conciertos, sinfonías, pero no duró mucho la terapia musical: es difícil hacer el Pigmalión en medio de la guerra: una bala o una orden puede destruir la mejor Galatea. Este rebelde no murió, lo enviaron al cuartel

167

de la montaña y no volvió a oír más música que el canto del sinsonte en la mañana o el zumbido del viento entre las ramas y el chirrido de los grillos por la noche.

El médico asombraba cada día a los reclutas (el hospital quedó en la retaguardia, cerca de la escuela militar) afeitándose al amanecer. Era el único que no llevaba barba entre los oficiales. Pasmó a novatos y veteranos cuando insistió en ir a la ciudad a sacarse una muela, porque no confiaba en el arte del dentista rebelde. Fue pese a los consejos y desobedeció una orden superior para hacerlo. No hizo el viaje vestido de guajiro, porque sus maneras y sus manos lo hubieran delatado. Se disfrazó de geólogo extranjero y pasó horas perfeccionando un acento imaginario. Llegó a la ciudad al mediodía y fue derecho a casa del dentista. Antes de llegar aminoró la marcha y cuando entró en la cuadra adoptó precauciones extremas, increíbles. Llegó a la puerta, miró la placa y puso una mano en el llamador sin tocar. Quitó la mano del aldabón, fue a la acera opuesta, regresó. Miró una vez más el nombre en el aviso de bronce y se llevó una mano a la cara y sintió la muela bajo el cutis. No me duele ya, dijo, qué raro. Se cercioró con la lengua que era la muela mala y se dio la razón. Qué raro, está curada, dijo. Parece que el dolor se me quitó con el viaje. Es mejor entonces no sacarla. Es una muela sana, dijo, y regresó a la montaña sin esperar a la escolta, que debía venir a buscarlo a una hora convenida.

ESTÁ CAYENDO, DETRÁS DE LA LOMA: el brazo gris levantado sin ira contra el cielo blanco donde hay un sol más blanco que no se ve ahora, la mano gris, el antebrazo gris oscuro, el rifle negro junto, pegado, fundido al pecho gris pálido con la mancha negra a un lado, sin dolor ni sorpresa porque no le dieron tiempo, sin conocer que cae sobre la yerba negra, sin saber nunca que lo verán caer una y otra vez, así, que no ha caído todavía pero que está cayendo porque un hombro negro, el pantalón negro-gris-negro (ya no hay color, no hay uniforme verdeolivo ni banda roja y negra ni ojos azules: todo matiz depende de la eterna, igualitaria luz del sol), el cuello gris, la cara gris-gris, todo el costado izquierdo gris-negro está borroso, está borrándose y borrado se inclina a la tierra negra y a la muerte para siempre: no se oyó la descarga o el único disparo pero se siente el impacto y caerá en tanto exista el hombre y lo verán cayendo sin caer jamás cuando lo miren ojos y no lo olvidarán mientras haya memoria.

EN LA FOTO SE VE AL COMANDANTE EN JEFE entrando en la capital montado en un jeep. A su lado va otro comandante y se puede ver al chofer y a uno que es miembro de su escolta. Al fondo la multitud vitorea a los héroes. Pero el fotógrafo tuvo un toque de presciencia. Como no conocía al tercer comandante lo cortó de la foto para hacerla más compacta. Pocos meses después el tercer comandante estaba en la cárcel acusado de traición y condenado a cumplir treinta años de prisión. Todos los que tuvieron que ver con él fueron inmediatamente tildados de sospechosos y se procedió a erradicar su nombre de los libros de historia. Adelantado a su tiempo, el fotógrafo no tuvo que recoger su foto para recortarla convenientemente. Eso se llama adivinación histórica.

EL SEGUNDO COMANDANTE desapareció en el avión que lo traía a la capital de regreso de poner preso al tercer comandante. El comandante en jefe salió a buscarlo en el avión presidencial. Pero el avión hizo un recorrido somero y el comandante en jefe se fue a ver vacas y toros de una finca requisada. Por la noche vio televisión y se acostó tarde interesado en las aventuras ruidosas de un cowboy y unos indios. A la mañana siguiente regresó a la capital no sin antes hacer otro recorrido somero del área en que se perdió el segundo comandante. Al aterrizar el avión, el comandante en jefe vio a los padres del segundo comandante esperando ansiosos. Hasta este momento el comandante en jefe había estado bromeando y hablando de cosas intrascendentes, pero al ver a la pareja ansiosa se compungió y fue hasta ellos para abrazarlos en pésame. Casi se le saltaban las lágrimas.

LA FOTO ES UNA IMAGEN, cosa que no ocurre a todas las fotografías. El comandante está parado a pie firme, en posición de descanso. La postura es militar, pero también cubana y muy personal, con las piernas bien abiertas, y el aire que riza sus anchos pantalones. Las manos descansan una sobre otra en la boca del cañón del rifle: un Garand, quizás un Springfield o un viejo Mauser español: en esa guerra se peleó con todas las armas posibles, algunas no reglamentarias, tal vez hasta prohibidas por la Convención de Ginebra: cañones de bambú, minas de bidones de aceite y escopetas cargadas con guijarros. No se ven las botas de vaquero usuales en el comandante. Detrás de él hay unos arbustos que parecen vicarias, una planta de jardín muy grata y muy tranquila y que uno ve a menudo en los cementerios del campo. Pero no está en el cementerio, porque al comandante le gustaban las cosas vivas. Detrás de las vicarias hay una casa de madera. No se ven ni puertas ni ventanas, sino los tablones rústicos: es una casa de un pueblo de campo o de las afueras. El comandante viste una camisa vieja, raída, abierta, sin corbata, con una banda en el brazo izquierdo que dice: 2-de ju- y no se lee más. Del cuello le cuelga una bufanda a rayas que cae sobre el pecho. Lleva las barbas y la melena famosas y el sombrero tejano de fieltro que siempre usó, echado hacia atrás. Tiene la boca seria, pero por los ojos se ve que se divierte mucho con la foto y con la expresión de los que vean la foto –incluidos los que lean este inventario. Completa su atuendo un cinturón ancho (de hebilla metálica, cuadrada, grande) de donde cuelga un cuchillo de monte envainado y dos cargadores para la pistola, a la izquierda, y a la derecha la Browning en su funda. Los bolsillos enormes del pantalón de campaña están llenos, como siempre, de granadas, mochos de lápices, papelitos y caramelos, en ese orden. Detrás, sobre su cabeza, como un halo irreverente, hay una inscripción (hecha a lápiz, probablemente en el original de la foto del que ésta es una copia) escrita con una letra silvestre, que dice: Foto Cheo Prado. Como Cheo Prado, aquí, se mostró un genio de la fotografía y no quiso ser anónimo (Cheo Prado es un artista y no un científico: más Cartier que Niepce) debe repetirse su nombre ahora.

El comandante está muerto hoy y los mismos defectos y las mismas virtudes que lo transformaron, en seis meses, de un tendero en un combatiente y un maestro de guerrillas y un estratega, lo mataron, también en seis meses, en plena gloria, como a los héroes antiguos. En la foto se ve su gallardía, su valor, su aplomo, su confianza ilimitada en sí mismo, su incredulidad en la muerte, y al mismo tiempo se ve que dentro de él hubo siempre un muchacho mujeriego y bromista y casi frívolo, que en otro tiempo y en otro país habría sido un torero lleno de cogidas, un fugaz automovilista o un playboy feliz. Es por todo eso que no es una foto, sino esa rara avis: la imagen del héroe muerto cuando vivo.

CUANDO ERA CAMARERO guardaba una pistola en su taquilla a la espera de que viniera algún capitoste del régimen (ésas fueron sus palabras), un coronel del servicio de inteligencia militar o un ministro del gobierno, a comer. Luego participó en el asalto a una emisora de radio el día que asaltaron el palacio presidencial. Acompañaba a su primo. Sobrevivieron el asalto y estuvieron escondidos juntos por unos días. Más tarde se separaron y él se fue a esconder en el sitio de mayor peligro, mientras su primo iba a refugiarse en un apartamento seguro. Ironías de la guerra de guerrillas, el lugar seguro fue asaltado por la policía y mataron a su primo, mientras él sobrevivió hasta el triunfo de la revolución. Lo hicieron comandante pero sin tener nada que hacer se aburría y coleccionaba armas y municiones en su casa. Un día tuvo una pelea con su mujer y le prendió fuego a la cama matrimonial debajo de la cual guardaba las armas y municiones. Las explosiones atrajeron a medio mundo y cuando él salió por entre el humo, riéndose, lo detuvieron y lo degradaron. Estuvo preso algún tiempo pero después lo soltaron y le restituyeron los grados hasta hacerlo capitán y lo asignaron al Ministerio del Interior, encargado de los interrogatorios a presos políticos.

De nuevo soltero, ahora vivía en una casa requisada, en una mansión más bien, donde tenía un piano de cola en la sala y un cuarto alfombrado y acolchado al fondo para oír y hacer música, ya que era un batería aficionado y tocaba muy bien los tambores. Tenía también un vasto ropero (se cambiaba de camisa varias veces en una noche) y una colección de cámaras caras. Andaba siempre rodeado de una cuadrilla y con su cuerpo delgado parecía un torero. A veces hacía reuniones en su casa para beber con sus amigos y oír discos de jazz y hacer música. Estas reuniones duraban desde la medianoche hasta las cuatro o las cinco, cuando se iba a trabajar en los interrogatorios. Había un método en su trabajo. Invariablemente se quitaba la camisa para interrogar a un detenido y según avanzaba la madrugada y el calor de la celda lo hacía sudar se frotaba debajo del brazo y hacía rollitos y bolitas con el sudor y la mugre del sobaco. Después disparaba estos detritus como balas a la cara del interrogado. Se le tenía por un excelente interrogador, tanto que volvió a ser comandante en pocos meses.

SALIERON LAS AMAS DE CASA batiendo cacerolas y ollas y gritando: «¡Queremos comida!» La manifestación adelantaba hacia el centro del pueblo, hacia la plaza donde había «ondeado por primera vez la enseña nacional».

A treinta kilómetros de allí, en la capital de la provincia, el jefe de la guarnición que era a su vez el gobernador de la provincia ordenó que los tanques avanzaran sobre el pueblo.

Todo terminó en que subrepticiamente se hicieron llegar alimentos a la ciudad sublevada y al temeroso militar que había enfrentado tanques contra cacerolas lo enviaron de embajador a un país africano —y desde entonces se le conoce como el Rommel de aluminio.

EL COMANDANTE LE DIO A LEER UN CUENTO. En él un hombre entraba al baño y se pasaba horas encerrado allí. La esposa se preguntaba preocupada qué haría su marido tanto tiempo en el baño. Un día decidió averiguarlo. Salió por la ventana y caminó por el angosto quicio que rodeaba la casa. Ella se escurrió hasta la ventana del baño y miró hacia adentro. Lo que vio la dejó atónita: su marido estaba sentado en la taza y tenía su pistola en la mano con el cañón metido en la boca. De vez en cuando su marido se sacaba el cañón de la pistola para lamerlo lentamente como un caramelo.

Él leyó el cuento y se lo devolvió a su autor sin más comentario o tal vez con un comentario de ocasión. Lo que hace al cuento particularmente conmovedor es saber que su autor, el comandante, se suicidó siete años después, dándose un tiro en la sien. Para no despertar a su mujer envolvió la pistola en una toalla.

SE HABÍA EMBARCADO a fines de diciembre de 1958 con un cargamento de armas sacadas de contrabando de un puerto de la Florida. Pero la nave encontró una galerna al cruzar el golfo y perdieron el rumbo. La encontraron, al garete, una semana después, en enero de 1959. El miedo al mar o a la muerte hizo que encaneciera de la noche a la mañana, y, lo que es casi peor, que el cargamento resultara un pobre anticlímax de su aventura.

En 1960 se alzó contra el gobierno en las lomas del Escambray, pero fue atrapado por un pelotón de las llamadas Patrullas de Lucha Contra Bandidos, juzgado sumariamente y fusilado en veinticuatro horas. Todavía tenía el pelo blanco.

TODO COMENZÓ POR UN AMERICANO que se asomó al balcón de su hotel el día que atacaron el palacio presidencial y un soldado nervioso le disparó una ráfaga y lo mató. Su mejor amigo juró que vengaría esta muérte y vino a Cuba y se hizo guerrillero, llegando a tener el grado de comandante. Después, en la paz, se hizo experto en la cría de ranas toros. Llegó a criar las más grandes ranas de la isla y este americano estaba orgulloso de su habilidad para criar ranas toros.

Pero un día detuvieron un camión que llevaba armas para los contrarrevolucionarios en las montañas cercanas a la granja de ranas toros. Este americano manejaba él mismo el camión. Fue juzgado sumariamente y fusilado a las siete de la noche un día de 1961 —apenas cinco años después que habían matado a su amigo.

VENÍA UN NEGRO entre los contrarrevolucionarios recién de-
sembarcados. Cuando el jefe de la patrulla de la Lucha Contra
Bandidos que los rodeó no más desembarcar lo vio gritó: ¡Ah
carajo!, y lo mató en el acto. Los otros contrarrevolucionarios
fueron trasladados a la capital, juzgados y algunos fueron senten-
ciados a pena de muerte, otros recibieron condenas de treinta,
veinte y quince años de prisión. Pero al negro lo mataron en el
acto.

MIENTRAS MARCHABAN HACIA EL PAREDÓN iban gritando a voz en cuello: ¡Viva Cristo Rey! ¡Viva Cristo Rey!, y seguían gritando después que los alineaban contra la pared y todavía gritaban cuando los fusilaban. Lo irónico es que la fortaleza en donde estaban detenidos y donde los fusilaban quedaba exactamente frente al palacio del arzobispado, sólo que al otro lado de la bahía.

HAY MUCHOS CUENTOS DE ESCAPADOS. Muchos son terribles, otros son forzosamente jocosos como aquel del chino que se escapó en una batea y que es recibido con vítores en el exilio, pero el chino es renuente a ser considerado un héroe, repitiendo una y otra vez: Pela, que e' lotlo, hasta que finalmente ven entrar en la bahía a otro chino sentado en un tibor. Pero la realidad no es broma.

La realidad es que han muerto entre siete mil y diez mil personas tratando de escapar. Unos han sido acribillados por las baterías de tierra o por los cazatorpederos que patrullan las costas, otros han naufragado y se han ahogado, muchos han sido comidos por los tiburones y muchos más han sido arrastrados por la corriente del golfo hasta naufragar en pleno océano o han sido aniquilados por la inclemencia de la naturaleza, que no reconoce partidos políticos ni buenos ni malos.

SALIMOS DE UN LUGAR EN LA PLAYA DE SANTA FE. En una balsa hecha con tablas y cámaras de carros. Recuerdo que en medio
de la incertidumbre, al embarcar, la mamá del doctor llevaba un
perrito con ella y éste se puso a ladrar. Me parece estar viéndolos
a todos en el momento de la partida. Ella era la más animosa, haciendo callar al perro al mismo tiempo. Todos ocupamos un lugar en la balsa. Y salimos, ya que la noche era apropiada por ser
noche cerrada. Llevábamos como comestibles unas latas de leche
condensada que nos dio más trabajo conseguir que hacer la balsa, y agua y galletas. Más nada.

Me preguntaban ayer si creía en Dios. Yo voy a decir una
cosa. A mí me faltaba algo y ese algo creo que lo he logrado con
esta prueba tan grande que me puso Dios, al dejarme vivo para
poder decir al mundo esta odisea que vivimos en medio de un
sol abrasador y en aquel mar negro.

Los días pasaban y a medida que pasaban más débil se hacía
nuestra balsa. ¡Qué lejos estábamos de saber cuál sería su fin!
Una simple señal de barco o de aviones nos habría dicho que ha-
bíamos sido divisados... La intranquilidad comenzó a apoderarse
de todos. Hubo que restringir los alimentos y el agua... Aún había esperanzas. Pero los días seguían pasando, aumentando aún
más la desesperación de todos... Y se produjo el momento que
tanto temíamos... se rompió la balsa. Antes, de día, cuando no
era el sol eran las olas que nos obligaban a aferrarnos a la balsa
para no caernos, aferrados a la balsa... De noche el frío nos hacía
acurrucarnos unos con otros y ponernos por encima la ropa más
seca que tuviéramos... Cuando la balsa se desmembró cada cual

cogió una goma o uno de los palos. Lo que pudiéramos. Había que aferrarse a algo para sobrevivir...

El resto del grupo había sido alejado de nosotros por las olas. En los primeros momentos los veíamos mantenerse a distancia. La noche se cerró más ante nosotros. Acá el pequeño grupo tratábamos de cerrar el círculo lo más posible, utilizando los restos de la balsa deshecha y las cámaras restantes. Cuando amaneció nos rodeó casi en seguida una densa niebla... No se veía nada... De pronto siento que alguien me hala la ropa fuertemente. Era el médico que decía: «Creo que me llegó la hora a mí... No puedo sacar más fuerzas... Me estoy hundiendo por minutos... Trato de aferrarme pero no tengo fuerzas... Sólo te pido una cosa: salva a mi madre, sálvala... Por Dios... sálvala... sálvala», y el médico comenzó a alejarse poco a poco en medio de aquella niebla suave.

Cuando yo vi que pasaban los días y las noches y yo seguía vivo, tomando agua de mar y metiendo la cabeza en el agua, cada vez que podía, para refrescarme el ardor que tenía en la cara... Pero yo estaba seguro de que yo no iba a perecer... Era un final de novela, terrible. Alguien tenía que quedar para hacer el cuento. Y yo me metí en la cabeza que ese alguien era yo. Esa idea me acompañó el resto de los días que tuve que permanecer en el mar, hasta que me recogió un pescador americano... ¿Cómo lo hizo? No lo puedo explicar. Yo estaba inconsciente y lo único que recuerdo es que creo haber pedido al pescador que no me llevaran para la isla... Lo que sí recuerdo perfectamente es que cuando me quedé solo cogí una de las gomas y me la puse para cubrir las nalgas, donde había recibido varias mordidas de peces, los cuales creo que vienen al olfatear la sangre. Algo parecido me hicieron en los muslos. ¿Ves?

CUANDO EL AVIÓN ATERRIZÓ cinco mil kilómetros y ocho horas más tarde, un ovillo semicongelado cayó de entre las ruedas. Era el polizón con suerte. El polizón sin suerte fue la luz roja que se encendió en el control del tren de aterrizaje y se mató cayendo en el mar o en algún descampado de la isla que los dos querían abandonar a todo trance.

PRIMERO ME QUITARON EL TALLER. Tú sabes, el taller que yo había pagado a plazos con mi sueldo de mecanógrafo de los ferrocarriles. Me lo quitaron. Yo llegué cuando le habían puesto el sello de requisado en la puerta y no me dejaron sacar ni mi ropa personal. Total, para nada. Porque no abrieron más el taller. Simplemente me lo quitaron cuando la nacionalización forzosa y lo cerraron y lo dejaron así, a que se pudriera. Fue entonces que decidí irme del país. Pedí mi salida y desde el primer papel, desde la primera planilla que llené me quitaron el trabajo y me mandaron a un campo de trabajo forzado. Allí estuve año y medio y no estuve más tiempo porque me enfermé. Cogí una infección en una pierna que se me extendió desde el muslo hasta el tobillo. Eso, de dormir en el suelo. Nos levantaban al ser de día y nos llevaban a un campo cercano a cortar caña y luego un poco más lejos a sembrar malanga y a sembrar eucaliptus. Y en el campo estábamos hasta el anochecer que regresábamos a los barracones y nos tirábamos en el suelo y había veces que había que quitarle el lugar a los ratones. No sé qué hacían dentro de los barracones pues había más de comer fuera en la tierra que allí dentro. Pasábamos un hambre tan grande que los otros detenidos allí empezaron a cazar lagartijas y pájaros para poder subsistir. Pero yo no podía hacer eso. Llegaron hasta matar un arriero y comérselo crudo, casi con las plumas. Pero yo nunca pude matar ni un pájaro ni una lagartija para comer y me debilité mucho trabajando. Eso fue lo que me salvó. Pues por estar tan mal alimentado cogí esa infección y los jefes del campamento decidieron mandarme para mi casa por miedo a que infectara a los otros presos allá.

ERA EL PRISIONERO DE ESTADO número 2717 y estaba recluido en un calabozo del pabellón de máxima seguridad del Castillo del Príncipe. Había sido un líder estudiantil que había luchado en la clandestinidad contra el régimen anterior y ahora había sido detenido, como antes, por conspirar contra los poderes del estado. Fue juzgado y condenado a diez años de prisión en 1960, pero todavía en 1972 estaba preso. Al principio lo recluyeron en la cárcel circular de Isla de Pinos, pero al tratar de fugarse de allí le dieron un balazo que lo dejó semiparalítico. Ahora pesaba solamente 85 libras y parecía un cadáver viviente. Hasta el final discutió con sus captores y una o dos veces se había declarado en huelga de hambre. Cuando murió fue enterrado en secreto y no le avisaron a sus familiares y se negaron a darle el cadáver a su madre, cuando lo supo días después.

YO NO PUEDO ESCRIBIR... qué va, si estoy deshecha. Más adelante. Le dices que hay que soportar esta pena, pero que lo que le han hecho no tiene nombre. Óyeme... y fuimos al cementerio anteayer y nos corrieron atrás perseguidoras y todo, y fuimos decentemente, y nos salieron al paso cerca de trescientas milicianas y doscientas perseguidoras —le tienen miedo hasta después de muerto, hijita. Se lo dices al mundo libre, si es que existe algo... ¡porque no existe nada! Fíjate bien... porque yo llamé y les dije que mi hijo se me estaba muriendo por la Patria, ¡coño! ¿Dónde están los derechos humanos? ¡Eso es lo más grande que hay! Tú sabes lo que es que me lo entierren y a los tres días me lo vienen a avisar... no chica, no... no... no... ¡NO! ¡NO! ¡NO! ¡Eso no tiene nombre! Por salvar a mi hijo estuve doce años luchando para que se me muera como un perro, que no sabía ni dónde estaba... si no me querían decir ni dónde estaba, chica, dónde estaba enterrado. Estuve presa para que lo sepas... ocho horas, cuando me dijeron: Su hijo está muerto, ya lo hemos enterrado, y estuve presa, me tuvieron ahí... me hicieron atrocidades, coño. Ésta es la vida... ésta es la libertad en este país... ¡que no hubiera ni una voz que se levantara ni dijera nada!, no hubo una voz que dijera algo, para que le dieran asistencia médica, coño, que no se le puede negar a ninguno... ¡Ah, se sabía todo!... ¡Pero no se hacía nada! Hasta el Papa... ¿de qué me ha valido a mí ser tan católica?... Y tener un hijo de una dignidad tan grande como ése, porque no hay un cubano, la verdad, no es por nada, pero es la verdad, que se ha inmolado por este pueblo tan... Lo que han hecho no tiene nombre... Tú sabes lo que es, después que me lo entierran, me dieron veinte vueltas para decírmelo. ¡Yo no pensaba que fueran tan cobardes... porque éstos son cobardes!... Esto es lo más cobarde que hay... Tú sabes que anteayer fuimos doce mujeres a llevarles unas coronas... y nos salían detrás de las tumbas más de trescientas turbas, nos salieron allí... para que tú sepas lo que es una madre desesperada como yo, sola en este mundo, coño, que no me escuchaba nadie... me cansaba de llamarles y decirle a la humanidad: ¡Por Humanidad, hagan algo!... Pero nadie... ¿Dónde?... ¿Allá o aquí? Porque me decían a mí no tiene asistencia médica... Y yo subía esas escaleras del Castillo del Príncipe ya que era una perra. Coño, eso no se le hace a nadie... He estado hasta presa... Me han traído tres médicos después que mataron a mi hijo... porque eso fue terrible lo que yo he pasado con eso... ¡Me han dado hasta golpes, coño! Que las penas nuestras no tienen nombre... ¡Que él ha sido todo un hombre! Ay, yo creo que ahí no se hizo nada por mi hijo... ¡Cuarenta y cinco días sin asistencia médica! Quemaron los colchones, quemaron las camas, quemaron todo pidiendo auxilio sus compañeros presos, coño, y nadie les prestó auxilio... ¡Ah!... Lo saben, ¿no?... ¿Qué grandes organizaciones, la Cruz Roja?... Pero, ¿hicieron algo? ¡Murió como todo un hombre! ¡Murió por Cuba! ¡Murió por sus compañeros presos!... Que nadie hace por ellos casi nada... porque esto es lo más grande que he perdido yo... que se le hagan misas... que se lo hagan saber al mundo lo que es esto... ¿Tú sabes lo que es no entregarle a una madre un cadáver?... Tú sabes lo que es no saber cómo murió... Tú sabes cómo persiguen. Fui a llevarle unas flores... Al hacerlo me salieron como doscientas mujeres de turba. Sin hacer nada. Sin moverse nada. Vinieron aquí a requerir, los tuve que botar de esta casa... Estoy pidiéndome paredón yo, que me den paredón. ¡Han matado a mi hijo! Óyeme, me lo han llevado... Me lo han matado... me lo han matado ellos... Ay, ese hombre le dio un ejemplo al mundo. Y yo no sé ni cómo murió mi hijo... Tú sabes lo que es, ayer, anteayer fuimos doce mujeres, tristes mujeres, familiares de presos... Porque ellos no lo dieron por miedo, porque tenían miedo a que se fuera a levantar el pueblo. No lo dieron por miedo, porque le tuvieron miedo hasta después de muerto. Porque quiero que lo sepas... La orden era de arriba... La orden era que había que eliminarlo. ¡No hay nada que hacer! ¡No hay nada que hacer! Tienen que hablar, tienen que hacerle ver a esos Derechos Humanos que todavía quedan muchos presos que están tapiados, que hay que ver lo que se hace por ellos, coño... ¡Porque se están muriendo, coño! ¡Porque se están muriendo, coño! Hay que moverse para eso, sabes, porque aquí hay muchos... ¡Yo voy a seguir luchando! Porque esos presos eran sus hermanos... Lo agradezco mucho pero que hagan por los demás que quedan, porque él murió por sus hermanos presos... Los Derechos Humanos... Esa Cruz Roja Internacional... Esa O.E.A... Esas figuras decorativas... ¡Mientras que estos infelices se están muriendo en las cárceles, coño! ¡Hay que ver a ese Boniato cómo está!... Hay que ver cómo salían de ese Boniato. Porque yo me enfermaba cada vez que veía salir a uno de ellos... Y he de estar aquí, no me moveré de aquí porque ellos están luchando igual que mi hijo... No, mi hijo no me necesita. Que se alegre no haber estado aquí porque ya hubiera estado preso... No, no, qué va, si no me dan la llamada... Si ya no sé cómo tú la cogiste. Hasta ahora no han dado la voz de que ha muerto y ya lleva ocho días... Dile que se ha muerto como un macho... porque ha muerto por sus hermanos que están presos y ha muerto por esta Cuba, ¡coño! Sí... ve a la misa... den misa y sigan hablando y sigan hablando y sigan luchando por los que quedan, porque aquí hay miles todavía presos... Ahora lo suavizan un poco porque ha muerto todo un hombre, pero dentro de poco les vuelven a echar mano otra vez. Se están muriendo tapiados en Boniato, coño, sin que se haga nada por ellos. Nada... Óyeme y aquí estaré yo al pie con ellos para morirme aquí junto con ellos y poderme encontrar con mi hijo... Lo que tengo aquí algunas personas que vienen, porque no hacen más que estar vigilando y chivando y cuando no es una perseguidora es otra cosa. Esa noche vinieron más de ocho perseguidoras sin tener a mi hijo a mi lado... Al otro día me avisaron que mi hijo estaba muerto, coño. Qué va a hacerse si ése es el asesino más grande que ha dado Cuba. Le dices que me moriré aquí... Junto a los presos... Cuando me dijeron *Pedro Luis Boitel está enterrado, ya está enterrado...* Decirle eso a una madre... Y me cogieron presa y me metían golpes ahí y todo... No... No... ¡No, fíjate que ellos mismos confiesan que han cometido el error más grande de su vida! ¡Pero él ha muerto! ¡Pero él ha muerto ya! Sus compañeros de celda quemaron colchones, desbarataron las camas y todo protestando para que le dieran, para que le dieran asistencia médica, coño...

(Aquí cortan la conversación.)

Y AHÍ ESTARÁ. Como dijo alguien, esa triste, infeliz y larga isla estará ahí después del último indio y después del último español y después del último africano y después del último americano y después del último de los cubanos, sobreviviendo a todos los naufragios y eternamente bañada por la corriente del golfo: bella y verde, imperecedera, eterna.

ÍNDICE

PARA LO MEJOR EN ENCUADERNACIÓN EN RÚSTICA, BUSQUE LA MARCA

En todas partes del mundo, y en cualquier tema, la marca Penguin representa la calidad y la variedad—lo mejor en editoriales.

Para información completa y pedido de libros publicados por Penguin—incluyendo Pelicans, Puffins, Peregrines, y Penguin Classics—escríbanos a la dirección apropiada que sigue. Por favor note que por razones de derechos la selección de libros varia de país a país.

En el Reino Unido: Por favor escriba a *Dept. JC, Penguin Books Ltd, FREEPOST, West Drayton, Middlesex, UB7 OBR*

En los Estados Unidos: Por favor escriba a *Consumer Sales, Penguin USA, P.O. Box 999, Dept. 17109, Bergenfield, New Jersey 07621-0120.* Para usar las tarjetas VISA o MasterCard, llame a 1-800-253-6476 para pedir todos los libros de Penguin

En Canadá: Por favor escriba a *Penguin Books Canada Ltd, 10 Alcorn Avenue, Suite 300, Toronto, Ontario M4V 3B2*

En Australia: Por favor escriba a *Penguin Books Australia Ltd, P.O. Box 257, Ringwood, Victoria 3134*

En Nueva Zelandia: Por favor escriba a *Penguin Books (NZ) Ltd, Private Bag 102902, North Shore Mail Centre, Auckland 10*

En la India: Por favor escriba a *Penguin Books India Pvt Ltd, 706 Eros Apartments, 56 Nehru Place, New Delhi, 110 019*

En Holanda: Por favor escriba a *Penguin Books Nederland bv, Postbus 3507, NL-1001 AH Amsterdam*

En Alemania: Por favor escriba a *Penguin Books Deutschland GmbH, Metzlerstrasse 26, 60594 Frankfurt am Main*

En España: Por favor escriba a *Penguin Books S.A., Bravo Murillo 19, 1° B, 28015 Madrid*

En Italia: Por favor escriba a *Penguin Italia s.r.l., Via Felice Casati 20, I-20124 Milano*

En Francia: Por favor escriba a *Penguin France S.A., 17 rue Lejeune, F–31000 Toulouse*

En el Japón: Por favor escriba a *Penguin Books Japan, Ishikiribashi Building, 2–5–4, Suido, Bunkyo-ku, Tokyo 112*

En Grecia: Por favor escriba a *Penguin Hellas Ltd, Dimocritou 3, GR–106 71 Athens*

En Sudáfrica: Por favor escriba a *Longman Penguin Southern Africa (Pty) Ltd, Private Bag X08, Bertsham 2013*